NADAR

DU MÊME AUTEUR

Dans la même collection :

La planète aux deux soleils.
Pandémoniopolis.
Les Zwüls de Réhan. (*Traduit en serbo-croate*)
La chair des Vohuz.
Terreur sur Izaad.
L'an 22 704 des Wans.
Enfants d'univers.
Maloa.
Les robots de Xaar.
Concentration 44.
La forêt hurlante.
Les maîtres verts.
Reviens, Quémalta.
Impalpable Vénus.
L'homme Alphoméga.
Planète des anges.
Dingue de planète.
Rêves en synthèse.
Tamkan le paladin.
Etoile sur Mentha.
Un Drahl va naître.
Sheena (*le surmonde des Gofans-I*).

En préparation :

Tu vivras, Céréluna (*le surmonde des Gofans — III*).

Dans la collection « Angoisse » :

Au seuil de l'enfer.
La main du spectre.

Dans la collection « Horizons de l'Au-delà » :

Ballet des ombres.

GABRIEL JAN

NADAR

« LE SURMONDE DES GOFANS »
(II)

ÉDITIONS FLEUVE NOIR
6, rue Garancière — PARIS VIe

ISBN 2-265-01852-X.

PROLOGUE

Dans cet univers-là, du temps où les chauds rayons de Psôôs faisaient chanter les jours, dans ce lointain passé où les nuits de velours se paraient de l'argent bleuté de Kôh et de Linn, la Terre avait reçu le nom de Kouros et ne comportait qu'un vaste continent dont seule la partie située dans l'hémisphère Nord était habitable. Au sud s'étendait l'immense désert de Kahana, et les chroniques rapportaient que la vie n'y était jamais apparue sous quelque forme que ce fût.

Des peuples très différents se partageaient les espaces propres à leur existence. Ainsi étaient nés la Zamidie, la Luanie, le Pays Long, l'Empire de l'Eau, le Territoire des Névorands, le Domaine Intérieur de Kanav, le Royaume de Gôh, les Pays de Rhaül et de Sabal...

Certains de ces pays vivaient en bonne harmonie. D'autres se faisaient la guerre. Il devait en être ainsi sur toutes les planètes de l'Univers.

Il y avait cependant sur Kouros un pays dont on ne parlait qu'avec respect, un pays qui se situait derrière les hautes montagnes de Serkam et qui s'étendait jusqu'au Noir Océan.

On l'appelait le Surmonde des Gofans.

Depuis longtemps les Gofans étaient installés sur Kouros, ayant choisi sur l'unique continent de la planète le territoire qui correspondait le mieux à leurs aspirations. Ils avaient donc bâti leur surmonde dans une région comprise entre les montagnes de Serkam et le Noir Océan. A l'époque, cette région ne portait encore aucune civilisation. Une bonne chose car les Gofans n'étaient pas animés du désir de conquête.

Ils constituaient une race curieuse, une race d'androgynes qui, à certaines époques, éprouvaient le besoin de se conduire en nomades. Leur histoire racontait que le peuple gofan avait dû quitter Maar-Ga, la planète mère, et qu'il n'avait pas cessé depuis lors d'essaimer dans l'Univers. C'était la Première Loi. Une loi liée à l'idée de lutte contre la surpopulation, la famine et la misère. Dans un lointain passé, les Gofans avaient dû beaucoup souffrir.

Une colonie s'était donc installée sur Kouros et avait, à force de patience et de travail, édifié une brillante civilisation. Les Gofans avaient toujours vécu à l'écart, en vase clos, ne se mêlant jamais aux autres peuples, ne permettant à quiconque d'approcher leur domaine. Conservateurs, ils veillaient jalousement sur leurs biens, préservaient un acquis qu'ils ne cessaient d'enrichir. Mais il arrivait que, pour des raisons d'ordre scientifique, l'étude des races et de leur milieu par exemple, certains Gofans soient autorisés à voyager, voire à séjourner dans d'autres pays. Celui de Sabal, en particulier, les attirait. C'était un pays riche dont les habitants s'intéressaient aux sciences et surtout aux arts.

Les Gofans possédaient sur les peuples de Kouros une avance technologique de plusieurs milliers d'années. En effet, les civilisations étaient encore assez primitives : « Le stade de l'épée », comme disaient certains. Et c'était là une image très réaliste.

*
**

Coupable d'avoir transgressé l'une des lois du surmonde, l'androgyne Maï-Kia-Dor, responsable du secteur III de la vaste cité d'Aar, avait été conduit à la Résidence où il serait jugé par les Suprêmes.

De quoi Rah-No-Lor, le Grand Dirigeant, l'accusait-il ?

L'affaire était plus sérieuse, bien plus grave que ne voulait le croire Maï-Kia-Dor qui était sorti sans permission du surmonde...

— Maï-Kia-Dor... Reconnais-tu avoir quitté la cité et franchi les limites du surmonde sans autorisation ?

— Je le reconnais, Maître.

— Quel était le motif de ta sortie ?

— La curiosité, Maître. Uniquement la curiosité... Je voulais me faire une idée plus précise de la façon dont vivent les hommes et les femmes du monde inférieur...

— L'enseignement que l'on dispense dans la cité ne te suffit donc pas ?

— Les images et les commentaires, si parfaits soient-ils, ne peuvent, à mon avis, remplacer ni la vision directe ni l'atmosphère...

— Critiquerais-tu l'enseignement ?

— Je m'en garderais bien, Maître. Mes fonctions de responsable de secteur ne m'y autorisent pas.

— Ainsi, tu as vu des hommes et des femmes dans le Pays de Sabal ?

— Oui, Maître.

— Leur as-tu parlé ?

— Oooui, Maître.

— Pourtant, tu n'ignores pas qu'il faut une autorisation...

— En effet, Maître. Mais la tentation a été trop forte... J'ai reçu, lors de mes années de formation, l'enseignement de treize bases-langage de quatre cent cinquante mots chacune ; ces mots, alliés à notre faculté d'assimilation rapide, constituant le support du langage courant... J'ai voulu vérifier le...

— Vérifier ! Tu as voulu vérifier ! C'est encore une critique de l'enseignement !

— Maître, je...

— Suffit ! Inutile de chercher à te disculper. Les charges sont lourdes !... Critique de l'enseignement. Infraction à la réglementation sur les sorties. Désobéissance. Mépris de la loi !... La curiosité t'a attiré vers le monde inférieur. Cela signifie, en clair, que ses « charmes » t'ont séduit ! Toi ! Un Gofan ! En adressant la parole à des hommes et à des femmes, tu as porté atteinte à notre sécurité !

— Je les ai simplement interrogés, Maître. Je n'ai pas parlé du surmonde...

— Tais-toi ! Il y a plus grave ! Tu as approché des

créatures qui étaient peut-être malades ! Et tu sais combien notre organisme est fragile devant certaines maladies ! Tu aurais pu être atteint ! Tu aurais pu contaminer la cité si, avant de te conduire au Centre de Neutralisation, tu n'étais passé au bloc de désinfection !... Tu nous as mis en péril, Maï-Kia-Dor !

De la haine, de l'acharnement dans les propos de Rah-No-Lor, le Grand Dirigeant.

Depuis quelque temps déjà, Maï-Kia-Dor avait remarqué un durcissement dans la manière de gouverner des Suprêmes. On avait édicté de nouvelles lois, défini de nouvelles règles qui n'étaient pas sans perturber la vie de la cité et celle du surmonde en général. A quels impératifs obéissait Rah-No-Lor ? Maï-Kia-Dor l'ignorait. Et To-Hy-Kian, son ami, l'un des dix Suprêmes, devait l'ignorer également. Un To-Hy-Kian effondré qui n'avait rien pu faire pour sauver celui à qui il demeurait très attaché.

⁂

— Les sanctions sont déjà prises, annonça le Grand Dirigeant. Nous t'avons reconnu coupable de désobéissance... En ce qui concerne la punition que nous t'infligeons, je dois t'informer que To-Hy-Kian, par égard pour toi, n'a pas pris part au vote. Mais neuf voix se sont prononcées. Neuf voix qui te condamnent à la dissociation !

La dissociation. Pour un androgyne, la dissociation était plus terrible que la mort. C'était la séparation du « Bor » et du « Vouh », la séparation de l'élément mâle et de l'élément femelle. Cette séparation se concrétisait par l'intégration du Bor dans le corps d'un homme et par celle du Vouh dans un corps de femme, ceux-ci étant de purs produits de laboratoire qui présentaient entre eux de fortes ressemblances quant aux visages. Ces corps, une fois animés, étaient envoyés dans deux régions différentes du continent. Autant dire qu'ils étaient à jamais séparés. Et c'était précisément à ce moment que commençait la souffrance. Le Bor ne pouvait vivre sans le Vouh et vice versa. L'un étant le complément de l'autre, les deux éléments se cherchaient éternellement. Supplice raffiné qui durait toute une vie...

***

La dissociation.

Maï-Kia-Dor allait être dissocié, partagé en deux êtres distincts.

Conduit sous bonne escorte dans l'une des salles du laboratoire principal, Sol-Eb-Nan (chef dudit laboratoire) lui ordonna de se déshabiller. Ce qu'il fit de bon gré. La révolte était désormais inutile. Il n'était plus responsable du secteur III et il n'avait plus droit aux égards dus à son rang. C'était un condamné. S'il n'obéissait pas, les gardes interviendraient aussitôt et le conduiraient jusqu'au Centre de Conditionnement. Et il n'igorait pas que les traitements que l'on y subissait étaient extrêmement douloureux.

Docile, il quitta sa toge et ses sous-vêtements. Il apparut nu.

Selon tous les canons de la beauté en vigueur dans le surmonde, Maï-Kia-Dor était un très beau Gofan. Chauve, comme tous les androgynes, il possédait un corps où se mêlaient harmonieusement la grâce féminine et la robustesse du mâle. Muscles longs, bien dessinés, torse puissant accusant deux légers renflements soulignant la poitrine, jolie courbe du ventre que la fente de son sexe semblait prolonger. Un corps dépourvu du moindre système pileux, supporté par deux jambes nerveuses...

Il marcha vers la table que lui désignait Sol-Eb-Nan, s'y allongea, fut surpris de constater que le métal qui constituait le plateau était tiède, ne bougea plus. Ses yeux fixaient la sphère placée au-dessus de lui, sphère sous laquelle il apercevait une petite excroissance en forme de cône dont la pointe était dirigée vers sa poitrine...

Rah-No-Lor, qui assistait à la scène, prit la parole :

— L'instant est venu, Maï-Kia-Dor. Tu vas être dissocié. De un, tu deviendras deux... Dans les cylindres que tu aperçois là-bas sont enfermés deux corps : celui d'un homme et celui d'une femme. Rien ne les anime encore. Ces êtres de chair, répliques parfaites des créatures qui vivent dans le monde inférieur, ont été créés par les Gofans du laboratoire principal... La sentence sera exécutée en deux temps. D'abord, la dissociation proprement dite qui s'accompagnera de la réception du Bor et du Vouh ainsi que de leur intégration dans leurs enveloppes respectives. Ensuite, l'homme sera dématérialisé, puis rematérialisé en un certain point du continent. Le même procédé sera appliqué à la femme, mais celle-ci sera toutefois reconstituée en un endroit différent, très éloigné du premier... A présent, il te reste un peu de temps pour penser à ta faute et pour regretter. A mon signal, Sol-Eb-Nan te dissociera... Encore une chose : devenu deux humains distincts, tu auras perdu la quasi-totalité de tes pouvoirs psychiques. C'est dire que l'homme et la femme ne pourront communiquer à distance...

Maï-Kia-Dor n'avait pas bronché. Il avait écouté parler le Grand Dirigeant sans nourrir de haine à son endroit. A présent, ces instants de silence étaient les plus pénibles... Arrestation. Prison. Simulacre de procès. Sentence... Tout cela s'était déroulé très vite.

Etait-il possible d'exister dans deux corps différents ? Cette femme, cet homme se souviendraient-ils de leur passé ? Sauraient-ils qu'ils avaient été Maï-Kia-Dor, un Gofan ? Se retrouveraient-ils un jour ?

Insupportable idée de devenir deux.

Il ferma les yeux, emportant une dernière image du surmonde : une sphère métallique accrochée au-dessus de lui...

Alors qu'il se croyait seul, il reçut un message, une pensée de To-Hy-Kian qui tenait à lui dire adieu. Le contact fut bref, To-Hy-Kian ayant deviné que, compte tenu des circonstances, Maï-Kia-Dor n'avait pas songé à dresser un barrage mental à l'intention de ceux qui se trouvaient près de lui.

***

Ayant entendu une série de déclics, Maï-Kia-Dor pensa que l'on s'affairait autour des divers appareils. Il ne rouvrit pas les yeux. Il allait s'endormir...

C'est cela : il allait s'endormir comme il le faisait chaque soir. La dissociation s'effectuerait sans douleur, il le savait. A un moment donné, il perdrait conscience comme on perd la conscience d'exister lorsque l'on dort...

Il se sentit léger...

Autour de l'androgyne nu, des formes lumineuses apparaissaient, corps impalpables torturés par on ne savait quels maux. De la pointe placée sous la sphère jaillissaient des anneaux brillants, immatériels, qui allaient en s'élargissant et qui disparaissaient lorsqu'ils touchaient Maï-Kia-Dor.

Bientôt, une aura de couleur verte enveloppa celui-ci. Graduellement, elle devint plus vive, plus soutenue, tandis que l'androgyne s'effaçait. A ce stade de la dissociation, Maï-Kia-Dor était virtuellement mort. Le Bor et le Vouh, par contre, étaient en train de naître... ou de renaître. Ils seraient deux alors qu'ils avaient toujours constitué une unité.

Le Bor, l'homme.

Le Vouh, la femme.

Deux être perdus dans l'univers inférieur.

Il ne subsistait plus sur la table de métal qu'une silhouette vaporeuse, vaguement lactescente, que la sphère continuait de bombarder de ses anneaux...

Et cela dura jusqu'à ce qu'il n'y ait plus rien.

Plus rien...

Nous avons été UN.
T' en souviens-tu, le Bor ?
Nous avons été UN.
T' en souviens-tu, le Vouh ?

Le même passé nous lie.
Le présent nous sépare.
Que serons-nous demain ?

Nous avons été UN.
N'oublie jamais, le Bor.
Nous avons été UN.
N'oublie jamais, le Vouh.

Dans un passé serein,
Nous avons été UN.

CHAPITRE PREMIER

Dissociation… dissociation…
Froid… dissociation… froid… froid…

Le froid l'enveloppait, lui, le Bor, la moitié de l'être qui avait eu pour nom Maï-Kia-Dor. Ce froid le faisait souffrir et en même temps l'arrachait à la nuit de l'espace transitoire engendré par la dissociation. Le Bor était maintenant une créature vivante, une créature de chair : un homme !

Dissociation… froid…

Des lambeaux de passé adhéraient encore à sa mémoire suppliciée, écartant la subjectivité d'une réalité présente. Seule perception : le froid. Perception animale qui provoquait une réaction.

Dissociation… froid…

Froid qui devenait de plus en plus intense, qui prenait possession du corps et de l'esprit, qui constituait l'environnement immédiat du Bor.

Les images-souvenirs défilèrent à une allure vertigineuse, recréant pour une période extrêmement brève un contexte connu. Puis ce fut de nouveau la chute dans un abîme de ténèbres, une chute qui, bizarrement, s'accompagna d'une impression de légèreté, d'un sentiment de non-appartenance au monde matériel. Cela fit place au vide absolu. Enfin les perceptions revinrent, d'une manière différente. Et la première d'entre elles fut la perception du froid…

***

Le Bor ouvrit les yeux.

Il était nu.

Tremblant, il se releva, considéra avec étonnement l'empreinte de son corps dessinée dans la neige, entreprit de se frictionner vigoureusement du plat de la main.

Depuis quand se trouvait-il là ?

Avec des gestes rapides, il frottait énergiquement sa peau bleuie, réalisant qu'il avait échappé à la mort.

Le crépuscule allait venir. Psôôs désertait ce ciel malade, un ciel qui n'était qu'une gigantesque toile grise tendue au-dessus des terres froides, au-dessus des grands sapins noirs que l'on apercevait au loin.

Autour du Bor s'étirait une plaine blanche maculée de taches rouges, brisée dans son uniformité par des dizaines de corps étendus…

On s'était battu là, jusqu'au moment dernier.

Reflet fidèle de la barbarie, le champ de bataille accueillait le silence.

L'homme nu, le seul être vivant dans cette plaine ensanglantée, ouvrait les yeux sur la mort. Mais il ne se livra à aucune réflexion. Il se borna à constater.

L'impérieux besoin de se protéger du froid qui, avec la venue du crépuscule, n'en serait que plus vif, motiva ses pensées et ses actes. Il alla de cadavre en cadavre, ignorant les faces convulsées, les visages qui exprimaient encore la douleur, les horribles mutilations...

Trouver des vêtements à sa taille était son souci le plu• grand. Qu'importait ! Les trépassés n'avaient plus à se couvrir. Ce n'était pas les dépouiller que de prendre à l'un ses braies, ses bottes de cuir souple, à l'autre son burel, sorte de chemise taillée dans une toile grossière, à un autre encore son manteau de fourrure...

Rapidement, le Bor passa les habits prélevés sur les cadavres, puis il ramassa une épée, la soupesa, se dit qu'une telle arme lui serait utile en cas de mauvaise rencontre. Il pensait surtout aux grands loups gris qui hantaient les terres froides ; il n'envisageait pas un combat avec d'autres hommes. Lui, le Bor, n'avait jamais appris à manier l'épée. Du moins Maï-Kia-Dor n'avait-il, à aucun moment, reçu un tel enseignement.

Le regard de l'homme glissa sur la plaine.

On s'était battu. Qui contre qui ?

Quel était ce pays ?

Le Bor se trouvait-il en Zamidie, en Luanie ou au nord du Pays de Rhaül ?

Il pensa au Vouh, son Complément, l'autre partie de l'androgyne Maï-Kia-Dor. Le retrouverait-il ? Cela était bien improbable. Pourtant, il se promit de tout mettre en œuvre pour réaliser son vœu le plus cher. Vivre sans le Vouh était inconcevable. Il le chercherait donc, inlassablement, pour tromper cette abominable solitude à laquelle l'avait voué la dissociation.

Retour...

Rah-No-Lor et les Suprêmes l'avaient condamné... avaient condamné Maï-Kia-Dor. Sauf To-Hy-Kian qui lui avait conservé son amitié parce qu'il savait que la loi était injuste, parce qu'il savait que le surmonde était miné par un mal dont nul n'était capable de découvrir l'origine. Un mal qui menaçait dangereusement l'équilibre de la civilisation des Gofans et, partant, tout son avenir.

Bah ! Cela avait-il encore de l'importance, désormais ? Le surmonde avait rejeté Maï-Kia-Dor. L'androgyne était mort pour renaître dans le Vouh et dans le Bor. L'homme ne devait plus s'attacher qu'au présent. L'être incomplet qu'il était serait bien obligé de s'adapter aux mondes inférieurs, à ces mondes au sein desquels régnait l'insécurité permanente comme le prouvaient tous ces malheureux étendus dans la neige...

Pour qui s'étaient-ils fait tuer ? Et pour quelle raison ? Existait-il dans l'Univers quelqu'un ou quelque chose qui valût la peine qu'on se fît tuer pour lui ou pour elle ? Quel était le sens de ce combat ?

Le Bor entrait dans sa nouvelle vie en ayant sous les yeux l'atroce spectacle de la mort. Cela, il ne l'oublierait pas. Jamais. Vivre dans un tel monde demanderait beaucoup d'efforts...

Mais, le Vouh ?

En cet instant, le Vouh prenait peut-être, lui

aussi, conscience de son existence ! Et il était femme ! C'est-à-dire un être moins fort que l'homme, plus vulnérable de par sa constitution physique ! Les difficultés rencontrées par le Vouh seraient donc multipliées... Comment nourrir quelque espoir dans ce cas ? Une nouvelle union du Bor et du Vouh n'était-elle pas simplement une utopie ? L'un et l'autre mèneraient-ils pour toujours une existence d'errant ? Seraient-ils éternellement solitaires, perdus dans un monde étranger et hostile ?

Triste constatation. Peut-être la mort eût-elle été préférable à ce sort indigne de la civilisation issue de Maar-Ga, la planète mère ?

Comme pour s'extraire du milieu ambiant, l'homme ferma les yeux. Il voulut ne plus voir ces cadavres étendus dans la neige, ne plus voir leur sang... Il voulut ne plus sentir le froid, ne plus sentir sur son visage la caresse sournoise du petit vent sec. Il chassa de son esprit toutes les pensées parasites, toutes les questions qui le tourmentaient.

Il cristallisa sa volonté sur un unique centre d'intérêt : le Vouh. Il tenta de s'isoler mentalement, de briser le mur qui distinguait l'homme du Gofan. Il puisa dans sa mémoire les souvenirs accumulés par Maï-Kia-Dor et mit toute son énergie au service de sa pensée pour atteindre ce pôle particulier de l'éther qui provoquait la communication télépathique.

Le Vouh, probablement, agissait de la même manière. La distance ne représentait rien. Seule comptait la force de l'émission.

Peut-être le contact s'établirait-il ? Un bref

échange suffisait à rasséréner les deux éléments séparés de l'androgyne...

L'homme soutint son effort, le cœur gonflé d'un immense espoir. Il devait savoir où le Vouh avait été matérialisé !

Mais il dut se rendre à l'évidence : les forces qui avaient jadis servi Maï-Kia-Dor s'étaient tues !

Jadis ?...

Oui, ce temps lui paraissait lointain. Le présent du Bor n'était pas le prolongement logique du passé. Il s'était produit une faille qui avait tout modifié. Devenu homme, le Bor avait régressé. Créature inférieure au Gofan, il ne possédait plus ces facultés qui faisaient des androgynes des êtres exceptionnels.

Il se sentit véritablement seul. Le monde entier pesait sur lui, l'écrasait, l'étouffait. Nulle part il n'aurait sa place. Son esprit et son cœur demeuraient à Aar, la capitale du surmonde. Aar, l'orgueilleuse cité, vaste jardin servant d'écrin aux édifices de pierre blanche. Aar, la somptueuse avec ses larges avenues, ses allées fleuries, ses magnifiques pièces d'eau... Aar qu'il ne reverrait jamais à cause de l'injustice dont il avait été victime. Car il s'agissait effectivement d'une injustice !

L'homme soupira, rouvrit les yeux, regarda une nouvelle fois l'empreinte de son corps dans la neige, écouta le silence. Il refusa la mort. Il lui fallait vivre pour le Vouh !

Cette réflexion en amena d'autres. Pour vivre, l'homme devait manger. Manger signifiait travailler pour gagner sa nourriture. Travailler imposait à l'individu les villages et les villes, la compagnie de ses semblables. Rejeter cela équivalait à refuser l'avenir, purement et simplement.

Le Bor allait peu à peu s'habituer à n'être qu'un homme. Ce serait, certes, une dure expérience, mais l'épreuve n'était pas insurmontable.

Il soupira derechef, passa l'épée à sa ceinture, se tourna vers la forêt de sapins noirs qui, alors que le crépuscule s'installait, ne formait plus sur l'horizon qu'une sombre muraille.

Le Bor choisit de marcher vers elle.

*
**

Quelques flocons légers voletaient, animant l'atmosphère. Le Bor songea que s'il se mettait véritablement à neiger la forêt offrirait un abri. Un abri précaire, soit, mais les arbres le protégeraient. Il ferait moins froid sous les sapins... Là-bas, le Bor attendrait le jour avant de reprendre sa marche. Il avait l'intention d'errer jusqu'à ce qu'il découvre une ville ou un village où il pourrait travailler, conscient cependant des dangers qui le menaçaient. Les hôtes de la forêt, les monstrueux daarax ou les grands loups gris dont il entendait parfois la longue et lugubre plainte ne l'encourageaient pas. Et la faim, le froid, la fatigue, tôt ou tard, auraient raison de lui...

Finalement, en considérant le plus mauvais côté des choses, la dissociation ressemblait fortement à une condamnation à mort. Une condamnation déguisée !... Les bourreaux qui l'avaient envoyé dans les Terres Froides n'ignoraient pas qu'il était pour ainsi dire impossible de survivre sans le minimum indispensable. Or, ce minimum, le Bor ne l'avait pas. Le hasard lui avait procuré des vêtements chauds et une arme, mais cela ne faisait que reculer l'échéance fatale.

Comme il s'éloignait de plus en plus du champ de bataille, il remarqua dans la neige des traces qui, de toute évidence, avaient été laissées par les survivants du combat. Elles formaient une sorte de piste qui se dirigeait vers la forêt. Empreintes de bottes et de sabots, de roues de charrettes aussi. La troupe qui avait de la sorte signalé son passage ne se trouvait certainement pas bien loin. Sans doute n'avait-elle sur le Bor que quelques noras d'avance, et il était probable qu'elle s'arrêterait avant la nuit, qu'elle établirait son campement en lieu sûr. Une chance inespérée pour l'homme.

Grâce aux treize bases-langage apprises par Maï-Kia-Dor, le Bor était capable d'engager la conversation. Il lui suffisait de reconnaître d'abord certains mots. Ses facultés d'assimilation rapide lui permettraient ensuite de maîtriser parfaitement l'idiome local.

Espoir...

L'avenir, contrairement au ciel, devenait moins sombre. Si contact il y avait, les chances de survie seraient totales.

Le Bor pressa le pas car les flocons tombaient plus serrés et la neige risquait de recouvrir les précieuses traces. Et puis, le crépuscule céderait bientôt la place à la nuit. L'homme ne laisserait pas passer la chance qui lui était offerte...

Il se retourna afin d'évaluer la distance qu'il avait

parcourue, pour la comparer ensuite à celle qui le séparait de la forêt. Il jugea qu'il se trouvait au tiers de la distance totale et que la nuit serait tombée lorsqu'il atteindrait les premiers sapins. Il se pressa davantage. Il souhaitait rencontrer des hommes, fuir cette solitude qui l'effrayait.

Les hurlements répétés qui s'élevaient lui semblaient plus proches. Il ne se voyait pas, l'épée à la main, combattant une horde de loups gris ou affrontant un daarax, un animal qu'il n'avait jamais vu mais dont il avait entendu parler... Il frissonna, souhaita ne pas faire ce genre de rencontre. Presque en même temps, il songea au Vouh, à cette femme sans visage dont la situation n'était pas meilleure. Rah-No-Lor, le Grand Dirigeant, avait donné des ordres en conséquence !

Assurément, lui et ceux qui le suivaient conduiraient le surmonde à sa perte ! Les lois qui régissaient l'univers des Gofans s'éloignaient de plus en plus des directives originelles... Combien de dissociations y aurait-il encore si pour une faute bénigne les Suprêmes condamnaient à la peine capitale ? Quel but le Grand Dirigeant poursuivait-il ?

Le Vouh... Le Complément... Une obsession ! Qui ne le quitterait pas ! Une infinie tristesse s'emparait du Bor, une tristesse qui se transformerait sous peu en une atroce souffrance. Il le savait. C'était le but de la dissociation...

La neige continuait de tomber, sans cesse agacée par le vent, empâtant les empreintes qui servaient au Bor de fil conducteur.

L'homme se hâtait, se servant de son épée comme d'un bâton de pèlerin. Toutes sortes de pensées traversaient son cerveau. Des pensées qui mêlaient au passé le présent et l'avenir. Des pensées qui, souvent, allaient vers le Vouh mais que le Vouh ne recevait pas…

CHAPITRE II

Le ballet des flocons s'était achevé alors que le Bor atteignait la lisière de la forêt de sapins noirs. Au sol, la neige semblait briller, et sa blancheur interdisait aux ténèbres de prendre entièrement possession de la sylve. En revanche, le petit vent sec s'était nourri de froid et avait gagné en force, soulevant des lambeaux poudreux, sans cesse déformés, qui couraient en s'étirant, en tourbillonnant, pour aller mourir dans un creux ou au pied des grands arbres.

L'homme se retourna une dernière fois, embrassa la plaine, yeux à demi fermés, puis il pénétra dans la forêt. Les traces, bien que partiellement effacées, lui permettaient de se diriger. Ceux qui les avaient laissées, assurément, ne devaient plus être loin.

Le Bor continuait donc d'avancer sur la piste sinueuse et commençait à ressentir les effets de la fatigue. Son corps neuf n'avait guère l'expérience des longues marches dans la neige. Cependant, il ne ralentit pas son allure, anticipant sur l'accueil qu'on lui ferait. Il se disait qu'il devait s'inventer un nom et un pays, peut-être même un passé… Il décida qu'il s'appellerait désormais Nadar et qu'il serait censé venir du Domaine Intérieur de Kanav. A ceux qui le questionneraient sur les raisons de sa présence dans les Terres Froides, il déclarerait n'être qu'un voyageur, un conteur d'histoires qui allait de ville en ville, de pays en pays, parce que tel était le sens qu'il avait donné à sa vie.

Tandis qu'il cheminait, il réalisa tout à coup que, depuis un bon moment déjà, il n'entendait plus les hurlements des grands loups gris. La horde s'était probablement éloignée en poursuivant une proie quelconque, ou bien le vent avait tourné, emportant les plaintes...

Devenue silencieuse, la forêt n'en paraissait que plus fantastique, plus mystérieuse, plus menaçante aussi. Le danger se fondait dans le décor, et son invisibilité renforçait la vie des grands arbres. A chaque pas qu'effectuait le Bor, ce danger pouvait surgir sous la forme la plus inattendue. Car l'homme ne connaissait rien, ou presque, de ce monde qui était devenu le sien...

Pourquoi pensait-il qu'un danger le menaçait? Avait-il été averti de quelque manière?

Non. Ce qu'il éprouvait était plutôt une sorte de pressentiment. Il devinait un futur proche, un futur qui ne lui était pas favorable. Cela se traduisait par une inquiétude inexplicable, par une impression de plus en plus nette : celle de se sentir observé.

Il serra davantage son épée, se demandant toutefois si une telle arme lui était vraiment utile. Il voulut le croire.

Soudain, un ordre claqua. Il ne pouvait s'agir que

d'un ordre. Deux ou trois mots brefs, distincts, lancés clairement avec un accent guttural.

Surpris, le Bor s'arrêta, tourna la tête vers l'endroit d'où provenait la voix. On lui faisait les sommations d'usage, ce qui signifiait que le campement se dressait dans les parages.

Cinq hommes armés quittèrent leur cachette, tous vêtus de cuir, et portant bottes et bonnet de fourrure.

L'un d'eux fit un signe. Aussitôt, les quatre autres se précipitèrent vers le Bor qui ne tenta pas de se défendre. Celui-ci fut rapidement désarmé puis poussé vers l'homme qui distribuait les ordres.

— Mon nom est Nadar. Je ne suis pas votre ennemi...

— Tais-toi ! Avance !

— Je ne suis pas votre ennemi !

— Tous les Luaniens sont nos ennemis !

— Je ne suis pas luanien, répliqua Nadar, ayant formellement reconnu la langue en usage dans la Zamidie. Je viens du Domaine Intérieur de Ka...

— Tes habits te trahissent, Luanien ! En plus, tu es lâche et traître à ton pays ! Honte sur toi !

— Mais...

— Tais-toi ! Nous ne voulons plus rien entendre. D'ailleurs, tout ce que tu pourrais inventer pour tenter de te sauver ne servirait à rien. Les Luaniens sont faux, menteurs et lâches ! Nous apprenons cela dès l'enfance... Avance et prends garde ! Au moindre geste suspect, tu seras percé par une lame !

Nadar soupira. Désemparé, il fit ce qu'on lui demandait, comprenant qu'il était vain d'espérer s'entendre avec ces Zamidiens bornés, d'autant que les circonstances jouaient contre lui. Il avait eu la malchance de se faire prendre par un groupe de soldats qu'on avait placé en arrière-garde afin d'assurer aux hommes du campement une certaine sécurité.

Il n'était guère difficile à Nadar de reconstituer les événements. Zamidiens et Luaniens s'étaient affrontés dans un combat sans merci, et il y avait des rescapés dans l'armée vaincue. A juste titre, les Zamidiens se méfiaient, ce qui les avait amenés à disposer des sentinelles autour de leur campement. Dès lors, comment Nadar, vêtu comme un vrai Luanien, pouvait-il convaincre un ennemi héréditaire qu'il n'était qu'un paisible voyageur ?

Le contact avec le monde inférieur s'effectuait plutôt mal. A peine le Bor y était-il apparu qu'il était fait prisonnier et qu'on l'accusait de lâcheté et de traîtrise.

« Mais il est vrai, songea Nadar, que ceux qui parlent de trahison sont le plus souvent des êtres à l'esprit étroit, capables d'inventer les pires choses pour étayer leur sens de la raison. »

Encadré par les cinq hommes, il eut le sentiment de se retrouver dans l'enveloppe charnelle de Maï-Kia-Dor, alors que les gardes emmenaient celui-ci à la Résidence des Suprêmes pour y être jugé. Mais cette vision s'effaça avec la réalité présente. On approchait du campement au centre duquel s'élevaient les flammes d'un énorme feu. Il y avait là des dizaines de tentes de forme cubique : des abris faits de bois, de peaux tendues. A l'entrée, près du poste principal de surveillance, un enclos, avec une centaine de chevaux. Nadar n'aperçut aucun vrag, aucun de ces animaux, cousins de ces derniers, qui possédaient une tête plus longue, une gueule qui laissait voir les deux canines recourbées de la mâchoire supérieure. Les vrags se distinguaient en outre par un poitrail plus développé, par de longues pattes terminées par trois doigts cornés aux griffes rétractiles, et par leur robe soyeuse formée de longs poils blancs… Non, pas de vrag dans cet enclos. Rien que des chevaux.

Plus loin s'alignaient des charrettes aux roues hérissées de pointes métalliques. Plus loin encore, dans la pénombre, s'élevait une sorte d'immense cage formée de rondins et de branches maintenus solidement par d'épaisses lanières de cuir. Cette cage était gardée en permanence. A l'intérieur, une vingtaine de prisonniers se tenaient serrés les uns contre les autres pour échapper aux atteintes du froid.

Près du feu, à quelque trois cents pas de la cage, on faisait cuire des quartiers de venaison… L'odeur se répandait dans l'air, accompagnant les lueurs rouges et dansantes, et rappelait à Nadar sa faim à laquelle, depuis une ou deux noras, il s'efforçait de ne plus penser…

***

La porte de la cage de bois se referma sur le Bor. Les prisonniers le regardèrent avec une surprise non feinte, surent immédiatement qu'il n'était pas des leurs. Sa coupe de visage, ses cheveux clairs le rendaient différent des Luaniens.

Comment les Zamidiens avaient-ils pu se tromper ?

Sans doute n'avaient-ils pas cherché à savoir, ne voulant considérer que le côté vestimentaire de leur capture. A quoi bon s'encombrer de détails ? Ce qui portait habit luanien était luanien. Il n'y avait pas à sortir de là. Réaction primaire, certes, mais efficace.

Nadar n'osa pas s'approcher du groupe. Il se sentait étranger à l'un et l'autre camp. Il ne désirait nullement connaître les raisons qui avaient poussé les deux pays à s'affronter. Pourtant, le simple fait d'être prisonnier des Zamidiens l'invitait à éprouver une certaine sympathie pour les Luaniens. Question d'intérêts communs.

Mais il hésitait.

Quelqu'un vint à sa rencontre, un fort gaillard dont les vêtements différaient quelque peu de ceux des autres prisonniers. Son visage tanné, ses yeux vifs, son allure assurée faisaient partie d'un ensemble de détails que l'on ne remarquait pas au premier coup d'œil mais qui créaient d'emblée la personnalité de l'homme.

Il se planta devant Nadar, l'examina de la tête aux pieds avant de constater :

— Tu n'es pas un Luanien...

— En effet, répondit Nadar. Toi non plus...

L'homme eut une ébauche de sourire.

— Tu vois juste, ami. Je suis zamidien.

Nadar fronça les sourcils.

Que devait-il conclure ? Celui qui se tenait devant lui était-il, lui aussi, considéré comme un traître ?

— D'où viens-tu, ami ?

— Du Domaine Intérieur de Kanav... Mon nom est Nadar.

— Nadar, répéta l'homme. Et tu viens du Domaine Intérieur de Kanav... Curieux !

Nadar fut sur le point de lui demander ce qu'il y avait de curieux dans sa réponse mais il préféra conserver le silence. Moins il en dirait, mieux cela vaudrait.

— Et toi, fit-il, quel est ton nom ?

— Livrad... Je suis ce que l'on appelle... un brigand ! Et c'est pour cette raison que je me trouve ici.

— Tu as donc participé au combat ?

— Oh ! Non !... La guerre ne m'intéresse pas. J'ai été pris par des soldats alors que je tentais, avec quelques compagnons, de m'emparer de vivres de l'armée zamidienne... Les miens ont pu s'enfuir...

Livrad entraîna Nadar de l'autre côté de la cage.

— Il y a longtemps que la Zamidie et la Luanie se livrent bataille, poursuivit-il à voix presque basse pour n'être pas entendu des gardes. La zone des frontières est toujours le théâtre de combats sanglants... Ce qui nous est profitable puisque, à la suite de ces combats, nous nous emparons des armes et des vêtements des morts. Certains d'entre eux possèdent même une bourse !... Voilà mon rôle. Et c'est aussi celui de mes amis. Les vivres que nous dérobons servent à alimenter nos familles... Le peuple n'est guère heureux, en Zamidie. En Luanie non plus, d'ailleurs ! L'or sert à faire la guerre... La chasse est le seul remède à la pauvreté, à la misère. Et le gibier n'est pas facile à trouver. Le peuple a faim. Alors, pour lui, toutes les occasions sont bonnes... Seulement, il faut compter avec l'armée frontière. Les soldats sont chargés à la fois de veiller à la sécurité du pays et... hum! de l'épurer des bandes de hors-la-loi toujours plus nombreuses... Nous avons su qu'un combat aurait lieu dans la plaine de Vaad'Har, c'est pourquoi nous avons quitté notre retraite. Du moins un certain nombre d'entre nous...

— Et tu t'es fait prendre, conclut Nadar.

Livrad haussa les épaules comme si le fait d'être prisonnier lui importait peu, ou comme s'il était victime de la fatalité. Il pinça les lèvres, répondit :

— On ne peut pas toujours gagner... Nous vivons avec le risque et nous l'acceptons. C'est mieux que de crever de faim dans son trou!

Il y eut un instant de silence.

Le campement était calme. Les soldats appartenant à l'armée frontière se reposaient d'une bataille qui avait duré tout un jour. Après quelques noras de sommeil, ils fêteraient leur victoire, boiraient de la « ksoula » et se régaleraient de viandes rôties...

— Les autres, là-bas... Ce ne sont pas tes amis? demanda Nadar.

— Pour le moment, nous partageons le même sort, répondit Livrad. C'est notre seul point commun. N'oublie pas qu'il s'agit de soldats et qu'ils font, eux aussi, la chasse aux hors-la-loi dans leur pays!... Finalement, entre Zamidiens et Luaniens il n'y a aucune différence!

Nadar tiqua.

— Une chose m'intrigue... Pourquoi es-tu venu vers moi?

— Tu n'es pas des leurs.

— Mais encore ?... Et si j'étais ton ennemi ?

— Cela m'étonnerait !

— Vraiment ?... Tu es un drôle de personnage, Livrad. Tu ne me connais pas et, spontanément, tu viens vers moi et tu me parles comme si nous étions des amis de longue date !

— Tu ne voudrais quand même pas que j'aie confiance en ceux-là !

Il désigna discrètement les autres prisonniers.

Nadar ne fit aucun commentaire.

— Mais tu as raison, reprit Livrad. Je suis venu vers toi... je suis venu vers toi pour t'accueillir parce que j'ai cru reconnaître en toi un ami qui m'a sauvé la vie il y a quelque temps déjà... L'homme s'appelait Liaan et il venait du Pays de Rhaül. Il possédait des cheveux comme les tiens, et les mêmes yeux !... La même silhouette !... Jusqu'à son visage qui semblait fait sur le même modèle !... Je me suis dit que vous apparteniez à la même race.

Les paroles de Livrad troublèrent profondément Nadar. Il eut du mal à dissimuler son émotion.

Un autre Bor, celui d'un androgyne dissocié avant Maï-Kia-Dor, avait donc vécu dans cette région !

— Cet homme t'a-t-il parlé de son passé ?

— Non... Jamais.

— Sais-tu où il se trouve, à présent ?

— Non... Il disait qu'il voyageait sans cesse, qu'il était à la recherche d'une femme. Je crois qu'il était un peu fou, mais certainement très malheureux...

Nadar jugea qu'il était préférable de ne pas insister. Les quelques mots qu'il avait échangés avec Livrad lui faisaient prendre conscience de la difficulté presque insurmontable pour un Bor de retrouver le Vouh. Car si l'homme trouvait la piste d'une femme qui lui ressemblait, rien ne prouvait que cette femme était son Complément !

Nadar se noya dans de sombres pensées.

— Qu'est-ce qui t'arrive ? interrogea Livrad. A quoi penses-tu ?

— Parle-moi de Liaan. Dis-moi tout ce que tu sais sur lui... Il est très certainement de ma race.

Livrad réfléchit un instant, eut un geste d'impuissance.

— Je ne sais rien de lui. Nous avons été très peu de temps ensemble... Mais, toi, dis-moi la vérité ! De quel pays es-tu ?

— Je t'ai déjà révélé son nom. Il s'agit bien du Domaine Intérieur de Kanav.

— L'autre venait du Pays de Rhaül !

— Hum ! Notre race est très dispersée... En fait, nous ignorons tout de ses racines. Sa naissance se perd dans la nuit des temps...

Livrad fixa Nadar.

— Tu es bien un voyageur, n'est-ce pas ?

— Oui !

— Et, toi aussi, tu cherches une femme !

— Tu te trompes, Livrad... Je suis un conteur d'histoires. Je vais de village en village, dans les villes parfois, de pays en pays... Ici, j'apprends une nouvelle manière de vivre. On me raconte des légendes que je transforme pour distraire les gens d'ailleurs...

Livrad hocha la tête, nullement convaincu.

— Et c'est dans cette région désertique que tu es venu pour raconter des histoires ?

— On m'a dit que les légendes étaient belles et nombreuses dans les Terres Froides.

— Cela est vrai... Cependant, tu n'aurais pas dû quitter ton pays ! Surtout pour te faire prendre comme un... voleur !

Livrad ricana.

Redevenu sérieux, il ajouta :

— Bah ! Après tout, c'est ton affaire... Mais rassure-toi, tu ne resteras pas longtemps prisonnier. Nous profiterons du moment propice pour nous enfuir !

— Nous enfuir ?... Comment veux-tu t'enfuir ?... D'abord, il y a cette cage qui est bien gardée. Ensuite, il y a tous les soldats du campement !

— Il ne s'agit pas de nous évader d'ici, chuchota Livrad, mais sur le chemin qui conduit à Zamed... Comme à chaque fois après une bataille, le gros de l'armée frontière va prendre la route de la capitale, avec prisonniers et butin. C'est au cours du voyage que nous agirons !

— Il y a deux points que j'aimerais que tu m'éclaircisses... Premièrement, si les trois quarts de l'armée zamidienne s'en vont, le campement deviendra très vulnérable, et les Luaniens seraient tentés d'en profiter pour...

— Non. Une autre troupe arrivera sous peu. Au plus tard juste après notre départ. Tout est parfaitement organisé dans ce domaine... Et puis, les Luaniens viennent d'essuyer une défaite magistrale. Ils ne tiennent certainement pas à récidiver de sitôt !... Quel est le second point ?

— L'évasion elle-même !

— Pour cela, ne te fais aucun souci. Je dispose,

moi aussi, d'une solide organisation... Mais je ne t'en dirai pas plus pour l'instant. Il faut dormir car il est probable que les soldats partiront au lever du jour après avoir mangé... Je te préviens : nous devrons beaucoup marcher...

— Dormir ! fit Nadar. Ici ? Dans la neige ?

— Avec eux ! répliqua Livrad en jetant un coup d'œil aux Luaniens. En nous serrant les uns contre les autres nous n'aurons pas si froid... Crois-moi. Il faut nous reposer. Demain, la journée sera dure et nous devons conserver assez de forces si nous voulons réussir notre évasion !

— Tu crois qu'ils vont... nous accepter ?

— Oh ! Peut-être pas de bon cœur, mais c'est leur intérêt... Viens !

CHAPITRE III

Ce fut pour le Bor une nuit épouvantable. Il dormit peu, tourmenté par la faim et le froid, assailli par une multitude de pensées relatives à son avenir et à celui du Vouh. Il se reposa néanmoins pendant trois ou quatre noras, ce qui lui permit de recouvrer une partie de ses forces.

Livrad le réveilla alors que le jour n'était pas encore levé.

— Reste toujours près de moi, surtout, recommanda le Zamidien.

Le campement était en effervescence. On distribuait des ordres, on s'interpellait dans un indescriptible brouhaha composé de hennissements de chevaux, de grincements de roues de charrettes, de bruits de toutes sortes. On se préparait au départ. A l'extérieur du campement, une armée nouvelle attendait pour occuper les lieux.

Dans la cage de bois, les prisonniers se réveillaient.

Livrad se tint à l'écart, flanqué de Nadar.

— Nous partirons bientôt, confia-t-il à voix basse. Le jour ne devrait plus tarder, et c'est à ce moment-là que nous nous mettrons en route pour Zamed, la capitale. Ménage tes forces, tu en auras besoin… Le chemin sera long et pénible. Nous devrons marcher tout un jour et une bonne partie de la nuit…

Livrad s'interrompit. Une ombre de sourire glissa furtivement sur ses lèvres.

— Remarque que nous n'irons pas jusque-là, ajouta-t-il. Nous nous évaderons bien avant !

— Je me demande bien comment ! répliqua Nadar, pessimiste.

— Mes hommes y veilleront !

— Tes hommes ?… Quels hommes ?

Livrad lança un regard circulaire pour s'assurer que nul n'était assez proche pour entendre la suite de la conversation. Puis il répondit :

— Il s'agit de mes amis… Pas un ne m'abandonnera ! Au moment le plus favorable, ils interviendront ! De préférence à la tombée de la nuit, quand hommes et animaux seront las, quand l'attention se sera relâchée…

— Tes compagnons n'ont tout de même pas l'intention de s'attaquer à une armée tout entière !

— Pas de front, évidemment ! Ils ne seraient pas suffisamment nombreux. Mais ils emploieront la ruse… D'une façon ou d'une autre, ils nous feront savoir qu'ils sont prêts à intervenir.

— J'aimerais te croire.

— Tu dois me croire !… Aie confiance. Je suis sûr que tout se passera bien… Ce n'est pas la première fois qu'on délivre des prisonniers !

— Ah ? Parce que… cela s'est déjà produit ?

— Oui. Seulement, je me trouvais de l'autre côté de la barrière !

— Mais alors, les soldats se tiendront sur leurs gardes et tes amis, du même coup, ne bénéficieront pas d'un effet de surprise !

— N'aie crainte. Mes hommes s'y entendent pour tromper la vigilance des soldats !... Hum ! Attention ! Voilà du monde...

Accompagnés par des soldats, deux individus portant, l'un un énorme sac, l'autre un gros récipient, entrèrent dans la cage.

Distribution de nourriture.

Des galettes dures et des morceaux de viande rôtie.

Ce qui restait...

Les torches fumeuses éclairaient les visages à la barbe hirsute, faisaient luire étrangement les yeux. Les soldats veillaient à ce que la distribution de nourriture se fasse sans heurt.

Nadar reçut sa part, se mit à dévorer une tranche de viande mal cuite puis entama la galette. Il lui sembla que le fait de manger le réchauffait.

On courait dans le campement. On se rassemblait. Toutes les charrettes étaient attelées et, sous les ordres des chefs, une colonne se constituait.

Mais la journée s'annonçait mal. Un jour gris, sale, repoussait la nuit à grand-peine. Quelques flocons de neige voletaient mais on ne savait au juste si c'était le vent qui dépouillait les sapins de leur manteau blanc ou s'il neigeait vraiment.

Nadar frissonna. Intérieurement, il maudit Rah-No-Lor et tous ceux qui lui ressemblaient. Cependant, l'image hypothétique du Vouh, peu à peu, s'imposa à son esprit. Il décida qu'à la première halte il tenterait un nouveau contact.

— Tends tes poignets !

Nadar réagit instantanément, regarda le gros barbu qui se tenait près de lui, comprit immédiatement pourquoi on lui donnait un tel ordre. Il s'exécuta.

Deux bracelets de métal, reliés par une même chaîne, se refermèrent sur ses poignets.

— Avec ça, glissa Nadar à Livrad, notre évasion est bien improbable... Je ne...

— Garde confiance !

Lorsque tous les prisonniers furent enchaînés, on les fit sortir et on leur ordonna de se placer à la fin de la colonne. Derrière eux, à une centaine de pas environ, marcheraient une vingtaine de soldats prêts à intervenir s'il se produisait une rébellion

Quelques instants plus tard, l'armée s'ébranla.

***

Nadar marchait à côté de Livrad, tête baissée pour esquiver les gifles du vent. En cet endroit, la forêt était clairsemée et la neige s'abattait sur la colonne. Les lourdes charrettes qu'on avait placées dans le milieu, et qui transportaient blessés, vivres et matériel, ne protégeaient que ceux qui se tenaient immédiatement derrière. Leurs roues dentées s'incrustaient dans la neige durcie qui recouvrait le sol, et creusaient de profondes ornières dans lesquelles il était malaisé de marcher. De temps en temps, on entendait fuser un ordre que le vent déchirait aussitôt. Ou bien c'était un bruit de galop, à peine étouffé, des cavaliers allant d'un bout à l'autre de la colonne afin de s'assurer que tout allait bien.

Sous un ciel horriblement bas et désespérément gris, l'on avançait. On marchait depuis plus de quatre noras et aucune halte n'avait encore été décidée. L'épreuve était pénible, aussi bien pour les prisonniers que pour les soldats qui ne possédaient pas de monture. Trois cents hommes composaient l'armée frontière ; un tiers d'entre eux étaient contraints de se servir de leurs jambes ! On avait pris à l'ennemi quelque cent chevaux mais ce nombre était encore insuffisant. Il y aurait cependant d'autres batailles...

— Supposons que notre évasion réussisse, fit tout à coup Nadar qui s'était rapproché de Livrad. Comment échapperons-nous aux soldats ?

— Bah ! nous aurons des chevaux ! répondit le Zamidien sans se départir de son calme.

— Tu es bien sûr de toi !

— Pas de moi... De mes hommes !

— Enfin ! M'expliqueras-tu ?... Tes compagnons savent-ils seulement que nous avons quitté le campement ce matin ?

— Là-dessus, je suis tranquille. Je peux t'assurer qu'ils n'ont pas cessé un seul instant d'épier le campement depuis ma capture ! Et en ce moment, ils sont là, à couvert, suivant un chemin parallèle au nôtre !

Nadar eut une moue dubitative.

— Et combien sont-ils ?

— Quarante, cinquante, répondit Livrad après avoir marqué une pause. Lorsque j'ai été pris, nous n'étions que six, mais ils ont dû aller chercher des renforts !

— Des renforts !... Ton repaire n'est donc pas très loin d'ici...

— Deux jours de cheval, environ... Faisons le calcul. Les Zamidiens m'ont capturé il y a huit jours alors que je m'étais introduit dans leur campement... Pendant ce temps, mes hommes se sont organisés !

— Admettons ! Comment espères-tu que cinquante hommes viendront à bout d'une armée ?

— Je te l'ai dit : ils emploieront la ruse !... Mais d'où viens-tu donc pour me poser toutes ces questions ?... Est-ce qu'il n'y aurait jamais de combat dans le Domaine Intérieur de Kanav ?... Quelles histoires peux-tu bien raconter s'il ne s'agit pas de récits de batailles ?

Nadar s'en tira par une pirouette.

— Je ne fais que raconter des légendes, dit-il. La réalité est différente. Tu ne devrais pas t'étonner qu'un étranger s'inquiète de son avenir dans un pays qu'il ne connaît pas !

L'argument sembla porter.

— C'est juste, reconnut Livrad. Tu ne sais rien de la Zamidie... Mais tu apprendras !

Plus inquiet qu'il ne voulait le laisser paraître, Nadar prit le parti de se taire. Puisque Livrad avait une confiance totale quant à l'évasion, pourquoi ne pas accepter l'augure ?

Mais, tout de même, cinquante hommes devant trois cents soldats...

La colonne avançait contre le vent et la neige. Alentour, la forêt gémissait, et le concert de plaintes courait de loin en loin, colportant le dur message du froid.

Parfois, Nadar épiait les alentours dans l'espoir d'apercevoir, entre deux bourrasques, un homme dissimulé à demi par un tronc d'arbre. Rien. Chaque pas supplémentaire ravivait ses doutes. Livrad ne se berçait-il pas d'illusions ?

— Livrad ?

— Oui ?

— Comment sont les femmes en Zamidie ?

La question, posée à brûle-pourpoint, étonna Livrad.

— Eh bien... je suppose qu'elles sont comme partout ailleurs... Certaines sont jolies, d'autres le sont moins, et d'autres ne le sont pas du tout !

— Hum ! Ne plaisante pas... As-tu déjà aperçu une femme qui ressemble à Liaan ?

Livrad fronça les sourcils, tourna la tête en direction de Nadar. La suspicion se peignit sur ses traits.

— Toi, tu es comme Liaan ! Tu cherches une femme !... Mais qu'est-ce que vous avez tous ?... Tous ceux de ta race sont-ils aussi bizarres ?

Nadar ne répondit pas.

— Pardonne-moi, fit Livrad. Cela ne me regarde pas... Cependant, avoue que ton comportement a de quoi étonner !... A propos, je dois te mettre en garde. En Zamidie, les hommes comme toi sont suspects. Je veux dire que l'on n'aime pas ceux qui possèdent des secrets... On croit qu'ils sont les serviteurs des dieux mauvais et qu'ils ont reçu d'eux des pouvoirs magiques...

— Des pouvoirs magiques !... Il n'existe pas de dieux mauvais ! Pas de dieux bons ! Si une force supérieure a présidé à la création du monde, il n'y a pas pour elle de bien et de mal. Il n'y a que l'évolution, la mutation perpétuelle d'un état de synthèse qui...

— Je ne comprends rien à ce que tu racontes! Moi, je sais que certains êtres ont des pouvoirs... Méfie-toi, Nadar! En Zamidie, on tue les sorciers!

— Si j'étais sorcier, comme tu as l'air de le croire, il y a longtemps que je ne serais plus prisonnier, répliqua Nadar.

De fait, s'il avait gardé toutes ses facultés, le Bor aurait pu, effectivement, échapper aux Zamidiens. Mais il n'était ni androgyne, ni sorcier!

Nadar changea une nouvelle fois de sujet de conversation.

— Ecoute, Livrad, j'ai besoin de ton aide... Si nous parvenons à nous échapper, accepteras-tu de me rendre service?

— Si je peux satisfaire à ta demande, oui... Je n'oublie pas ce que je dois à l'un des tiens. Que veux-tu?

— Je te le dirai plus tard, si l'évasion réussit.

— Tu en doutes encore?

— Oui. Il n'est pas possible que tu saches déjà que tes hommes réussiront!

— Dans ce genre d'épreuve, ils n'ont jamais connu l'échec!

— Il suffit d'une fois...

— Non! Ils connaissent la forêt par cœur, les endroits propices aux embuscades. Et ils se battent comme des bêtes fauves!

— Et les soldats? Ne savent-ils pas, eux aussi, reconnaître les endroits où l'on tend le plus facilement une embuscade? Ne connaissent-ils pas le chemin entre leur campement habituel et Zamed ? Ne savent-ils pas se battre ?... Si tes hommes les attaquent, ils se défendront !

— Oui, mais mal !... En fait, ils ne verront pas d'un mauvais œil l'évasion des prisonniers !

— Tu te moques de moi ?... Pourquoi s'embarrassent-ils avec eux, dans ce cas ?

— Parce que les dirigeants de Zamed réclament des prisonniers, voilà tout. Ces derniers deviennent esclaves !... Cependant, la façon de gouverner des dirigeants est très contestée par l'armée. Celle-ci donne le change, fait preuve de bonne volonté pour endormir la méfiance. Elle attend. Beaucoup de chefs militaires préparent la révolte. Tu comprendras que les soldats préfèrent accorder la liberté aux prisonniers plutôt que de se faire tuer en servant les dirigeants !... Si mes hommes les attaquent, ils se battront sans conviction. Ils créeront l'illusion pour ceux dont les idées restent acquises au gouvernement actuel ! La Zamidie traverse actuellement une grave période de troubles... Et puis, on m'a rapporté que le danger viendrait bientôt du Territoire des Névorands. Certains seigneurs rêvent de conquêtes...

— Attends ! Inutile de m'en dire davantage... Explique-moi pourquoi l'armée zamidienne, en dépit de tout ce qui l'oppose au gouvernement de son pays, accepte de se battre contre la Luanie !

— Si elle ne se défend pas, c'est l'invasion !... Tu sais, il y a une grande différence entre une armée luanienne et une poignée de brigands !

— N'empêche ! L'armée a une étrange façon de désapprouver la politique des dirigeants zamidiens !

Livrad soupira.

— Tu as déclaré ne rien connaître en Zamidie. Comment peux-tu juger ?

Nadar accusa le coup. Livrad avait raison. Mais le contexte paraissait faussé. Comment un Zamidien pouvait-il, d'une part considérer un Luanien comme un ennemi héréditaire, et d'autre part accepter qu'il s'évade ? Cela semblait très paradoxal à Nadar. Pourtant, lui-même aurait été bien en peine d'expliquer à Livrad la nouvelle politique des Gofans !

Nadar renonça à comprendre. L'état d'esprit des Zamidiens répondait aux critères d'une autre logique...

Il redevint silencieux, poursuivit sa marche.

CHAPITRE IV

Une seule halte au cours de la journée. Une halte de courte durée qui n'avait guère permis à Nadar une concentration favorable à un contact mental avec le Vouh. Il ne neigeait plus mais le vent vif continuait de souffler, gonflant parfois l'atmosphère de curieuses modulations.

— Tiens-toi prêt, dit Livrad à Nadar. C'est pour bientôt...

— Pour bientôt ?... Tes amis sont là ?

— Ils ne nous ont jamais quittés. C'est le troisième signal que je reçois...

— Je n'ai rien vu.

— Moi non plus, mais j'ai entendu ! Suis-moi bien... Nous nous approchons du pont qui permet de franchir le fleuve Vork. C'est là qu'aura lieu l'intervention. Le pont est étroit. On fera d'abord traverser les cavaliers et les charrettes, puis les autres soldats. Notre tour viendra ensuite...

— Compris ! Mais n'oublie pas ceux qui sont derrière nous !

— Nos gardiens ?... Je mettrais ma tête à couper qu'ils ont été choisis en fonction de leurs opinions politiques ! Ils sont à coup sûr tout dévoués aux dirigeants... C'est de bonne guerre. Les chefs préfèrent exposer ceux qui font partie de l'opposition.

— Et les Luaniens ?

— Ne t'occupe pas d'eux. Lorsque l'attaque se produira, ils se retourneront contre nos gardiens. Quant à nous, nous n'engagerons pas le combat. Nous nous enfuirons immédiatement...

Nadar n'était pas convaincu.

— Comment peux-tu être certain que l'attaque aura lieu au pont ?

— Simple déduction, répondit Livrad. C'est l'endroit le plus favorable. De plus, la nuit va tomber. L'instant est bien choisi...

Nadar observa les Luaniens du coin de l'œil et demanda :

— Tu crois qu'ils se doutent de... ?

— Non, mais dès qu'ils comprendront ce qui se passe, ils chercheront à fuir. Leur premier soin sera de se retourner contre les gardes et ils nous couvriront sans le vouloir !

Malgré l'assurance dont il faisait preuve, Livrad ne parvenait pas à faire partager à Nadar son optimiste. Mais, plongé dans un monde nouveau pour lui, il était normal que le Bor eût à maints égards des doutes sérieux.

La colonne se rapprochait du fleuve. Le pont ne se trouvait plus qu'à deux sergs environ. Déjà les chefs donnaient des ordres afin que le passage d'une rive à l'autre se fasse sans incident, et dans les meilleures conditions possibles ; des ordres qui se matérialisèrent bientôt dans les mouvements que firent les charrettes. Encadrant la colonne, les cavaliers se placèrent sur deux files.

— Nous arrivons, murmura Livrad.

Nadar acquiesça muettement. Depuis un moment il se sentait nerveux. Cette attaque, il la souhaitait et la redoutait tout à la fois.

⁂

Précédée par un groupe de cavaliers, la première charrette s'engagea sur le pont. Celui-ci, construit en bois, reposait sur quatre énormes piliers de pierre et était capable de supporter les plus lourdes charges.

La seconde charrette suivit, puis la troisième, etc. Les cavaliers qui se tenaient de chaque côté avançaient au même rythme. Les sabots des chevaux martelaient le plancher, provoquant un bruit d'enfer qui se mêlait aux grondements du fleuve impérieux. En cette saison, le Vork charriait des glaces...

Bientôt, ce fut au tour des autres soldats de s'engager sur le pont. Sur la rive opposée, la colonne se reconstituait.

Une flèche, soudain, perça le vent froid, atteignit son objectif.

Un cri s'éleva, aussitôt suivi d'appels, de questions. Un garde venait de s'écrouler.

— Maintenant ! fit Livrad. Cours !

Nadar le suivit. Les Luaniens, aussi surpris que les soldats, réagirent avec retard. La révolte éclata. Des cavaliers rebroussèrent chemin pour venir prêter main-forte aux gardiens. Quelques-uns se lancèrent à la poursuite des fugitifs mais une grêle de flèches les faucha. Aux hurlements se mêlèrent les hennissements des chevaux. Hommes et bêtes roulèrent dans la neige.

Mettant à profit l'instant de surprise, Livrad avait entraîné son compagnon, l'engageant à courir le plus rapidement possible afin de gagner les couverts. Déjà, ils se trouvaient hors de portée de flèches mais ils continuaient de courir.

— Ne t'arrête pas, Nadar !

Livrad craignait qu'on ne les poursuive. Cependant, les soldats étaient bien trop occupés à mater la révolte des prisonniers Luaniens.

Livrad et Nadar couraient à perdre haleine, trébuchant parfois tant leur fuite était précipitée. Ils ne s'arrêtèrent que lorsqu'ils jugèrent qu'ils ne craignaient plus rien de leur ennemis. Le bruit de la bataille, porté par le vent, leur parvenait.

— Ecoute, dit Nadar. Ils se battent encore !

— Pas mes hommes ! répliqua Livrad.

Il se mit à rire.

— Ils se sont déjà repliés, sois-en sûr !... Nous sommes libres !

Peu après les bruits cessèrent. La révolte avait probablement été maîtrisée. Peut-être quelques Luaniens avaient-ils réussi à s'enfuir ? C'était le moindre des soucis de Livrad.

Un ululement, suivi immédiatement d'un second, troua la nuit.

— On nous cherche, traduisit Livrad. Mes hommes ne sont pas loin.

Il plaça ses mains en porte-voix et, par deux fois, répondit au signal. Il attendit un peu et recommença, profitant d'une accalmie. Et le vent apporta un autre signal.

— Nous n'avons plus rien à craindre, à présent...

Quelques instants plus tard, des lueurs apparurent. Se déplaçant au pas, des cavaliers approchaient. Livrad les héla, se précipita vers eux, suivi de Nadar.

— Il est là ! s'écria l'un des hommes en mettant pied à terre.

— Macis ! C'est du beau travail ! Aucune perte ?

— Même pas un blessé !... Heureux de te revoir vivant, Livrad ! On ne sait jamais, avec les soldats ! Mais... qui est celui-là ? Un Luanien ?

— Non. Un ami... Mais allons-nous-en, nous discuterons plus tard.

— Hé ! attends ! Je n'ai pas de cheval pour lui !

— Aucune importance. Je le prendrai en croupe !

Macis acquiesça, se remit en selle et organisa le rassemblement.

— Tu sais monter à cheval ? demanda Livrad à Nadar.

— Euh... je crois...

En tout cas, Maï-Kia-Dor avait su monter.

— En route ! commanda Livrad.

***

Il était imprudent de demeurer dans les parages. Les soldats avaient peut-être décidé de laisser un détachement ayant pour mission de retrouver les fugitifs. Mieux valait éviter un combat. Livrad préférait changer d'air et dresser le camp dans un endroit plus sûr. Suivi par toute sa troupe, personne ne manquant à l'appel, il chevaucha pendant deux noras et décida de s'arrêter dans une région rocheuse.

Nadar descendit de cheval, heureux de quitter une position inconfortable pour retrouver la terre ferme.

On s'organisa rapidement.

Quelques hommes se chargèrent d'allumer des feux destinés à tenir à l'écart les grands loups gris et les daarax. D'autres se mirent à creuser des trous d'une profondeur d'un demi-lor après avoir gratté la neige.

— Qu'est-ce qu'ils font ? demanda Nadar.

— Des trous pour dormir, répondit Livrad. Dans ces feux, on va jeter des pierres. Quand elles seront brûlantes, on les mettra au fond des trous et on les recouvrira d'une couche de terre... On dort là-dessus. Rien à craindre du froid.

Il se tourna vers Macis.

— Il y a de quoi manger ?

— Nos sacs sont pleins. Hier soir, nous avons tué trois biches et un cerf !

— Excellente nouvelle, apprécia Livrad.

Macis grogna :

— Mmm ! J'aimerais que toutes les nouvelles soient aussi bonnes !

— Pourquoi ? Qu'est-ce qu'il y a ?

— Méras...

La mine de Livrad s'allongea. Assurément, si quelque événement était lié à Méras, celui-ci ne pouvait être que fâcheux.

— Eh bien ?

— Méras, tu t'en doutes, s'est réjoui de ta capture ! Il a profité de ton absence pour s'attirer quelques sympathies !... Il se considère déjà comme le chef de notre bande !

— Il va être déçu !

— Hum ! Ton retour va provoquer des remous. Ton autorité sera contestée... Méfie-toi, Livrad. Tu n'as pas que des amis...

— Je ne crains pas Méras !

— Hélas ! Tous ne sont pas comme toi ! Les plus influençables se sont rangés derrière lui. C'est là chose faite. D'autres, comme Sorim et Matol le soutiennent et se font forts de décider ceux qui hésitent !

— Les imbéciles !

— Attends... Je ne t'ai pas tout dit ! Méras veut lever une armée !

Livrad écarquilla les yeux.

— Lever une armée ? Il est devenu fou !

— Je crains bien que non... Il a entendu parler du projet que forment certains seigneurs du Territoire des Névorands, Rhodes et Xabor en particulier, et il veut devenir leur allié dans l'espoir d'obtenir des biens ! A tous il fait miroiter la richesse et le pouvoir. Il promet le bonheur pour tout le monde...

Livrad secoua la tête.

— C'est ce que je pensais, dit-il, il est fou !

Nadar avait suivi la conversation et pensait que la Zamidie était décidément un pays curieux ; un pays qu'il quitterait au plus vite puisque, en aucune façon, le Vouh ne pouvait s'y trouver.

Il comptait se mettre en route dès le lendemain.

Livrad se recueillit quelques instants puis balaya d'un geste ses réflexions. Il tendit ses poignets.

— Il faudrait qu'on nous enlève ces chaînes...

— Evidemment, fit Macis. Je vais chercher Zator.

Nadar profita d'un temps mort pour glisser :

— Je partirai au lever du jour... Pourras-tu m'aider ?

— Partir ? s'étonna Livrad. Non. Tu viendras avec nous ! Au vil...

— Je dois partir, Livrad ! Ma présence pourrait te causer des ennuis. J'ai entendu ce que disait Macis et je...

— Tu viendras avec nous ! trancha Livrad. Il te faut un cheval frais, des vivres pour plusieurs jours, et des armes... Ah ! voilà Zator !

Le nouveau venu s'approcha avec l'outillage nécessaire pour faire sauter les bracelets métalliques qui emprisonnaient les poignets des deux hommes. Il se mit immédiatement au travail.

Pendant ce temps, on faisait cuire d'épaisses tranches de viande, on répartissait les tours de garde, on achevait de creuser les trous, on faisait chauffer les pierres... Les feux jetaient leurs lueurs fauves, éclaboussant la neige de flaques mouvantes.

Nadar réfléchissait. La décision de Livrad retardait l'exécution de son projet qui était de se mettre au plus tôt à la recherche du Vouh. Mais il devait reconnaître qu'elle offrait plus de garanties. Le Bor espérait gagner le Pays de Rhaül et descendre progressivement vers le sud. Mieux valait, en ces temps troublés, se tenir à l'écart de la Luanie, de la Zamidie, et même du Territoire des Névorands.

Le Vouh... La femme...

Nadar essayait d'imaginer son visage, tentait de créer pour son Complément un contexte qui ne fût pas hostile… Plus tard, avant de s'endormir, il s'isolerait mentalement et chercherait la pensée du Vouh. S'il lui restait un peu de forces psychiques, il…

— Tu me sembles bien soucieux, remarqua Livrad en se frottant vigoureusement les poignets. Ton départ te tourmente donc à ce point ?

— Oui, reconnut Nadar. J'ai… j'ai déjà beaucoup de retard…

— Du retard ?

— Oui, mais j'accepte néanmoins ton hospitalité… J'ai besoin de toi… Où se trouve ton village ?

— Dans les collines de Kélos, juste dans cette pointe de terre qui appartient au Pays de Rhaül et qui sépare le Luanie de la Zamidie… C'est une position excellente qui permet de passer rapidement d'un territoire à un autre. Un sérieux avantage !… Mais pourquoi cette question ?

Nadar haussa les épaules.

— J'évaluais la distance, répondit-il.

— Hum ! Bien… Je suis heureux que tu acceptes de venir chez nous. Tu partiras reposé, prêt à affronter tous les daarax des forêts !

— Je préférerais ne pas en rencontrer, répliqua Nadar.

— Cela dépendra de la direction que tu auras choisie… Où vas-tu aller ?

Le Bor ne sut dissimuler son embarras. Plutôt que d'inventer une histoire, il préféra dire la vérité. Une certaine vérité…

— Je vais repartir chez moi, commença-t-il.

— Je croyais que tu venais dans les terres froides pour…

— J'ai changé d'avis... Il y fait trop malsain... Je repars vers le Domaine Intérieur de Kanav !

— Alors, tu ne feras pas de détour. Ton voyage ne sera pas retardé... Mais je te mets en garde. Le nord du Pays de Rhaül est l'une des régions d'élection des daarax ! Un conseil : tiens-toi à l'écart des zones où tu verras que l'écorce des sapins a été arrachée. Les daarax, en faisant leurs griffes, marquent les limites de leur territoire de chasse...

— Précieux renseignement, fit le Bor. Je ne l'oublierai pas...

— Sais-tu au moins te servir d'une arme ?

Nadar n'eut pas à répondre à cette question car Zator venait de libérer son second poignet.

— Voilà ! dit l'homme avec un sourire satisfait. J'espère que je ne t'ai pas fait trop mal...

— Merci, ami. Ça va...

Livrad entraîna aussitôt Nadar vers le feu central où l'on faisait rôtir la viande. D'autres hommes vinrent les rejoindre et l'on mangea en silence. Nul ne posa de questions concernant les intentions de Livrad vis-à-vis de Méras. On savait, de toute façon, que l'un et l'autre étaient trop habiles pour prendre la responsabilité d'une bataille rangée qui n'aboutirait qu'à un massacre inutile. Certes, comme le subodorait Macis, il s'installerait au village une certaine tension, mais ce n'était pas la première fois qu'une telle situation se présentait. Chacun des deux antagonistes attendrait simplement que l'autre commette une faute grave, ayant ou non préparé un piège.

De nouveau, Nadar s'était réfugié dans de

secrètes pensées, portant dans le cœur un espoir qui brûlait comme ce feu qu'il fixait.

Le Vouh…

La femme…

Le Complément…

L'autre partie de Maï-Kia-Dor…

CHAPITRE V

Il ne fallut pas moins de deux jours entiers de cheval pour que la troupe dirigée par Livrad parvienne au village repaire. Elle arriva dans la matinée, provoquant l'apparition d'hommes, de femmes et d'enfants qui se rassemblèrent bruyamment autour des nouveaux venus.

Parmi ceux qui s'étaient précipités pour les accueillir, Livrad reconnut quelques fidèles : ceux qui avaient tenu à demeurer au village pour surveiller Méras et son clan.

Deux cents âmes environ habitaient là, soit dans des huttes suffisamment grandes pour abriter une famille, soit dans les cavernes nombreuses qui trouaient les collines de Kélos, en particulier en cet endroit.

Il fallait, pour parvenir au village, emprunter une succession de défilés étroits composant un véritable dédale. Ce qui expliquait sans doute qu'aucune armée frontière ne se fût encore aventurée jusque-là. Sapins et rochers se disputaient le relief, les zones boisées alternant avec les espaces désertiques.

Livrad descendit de cheval, imité par ses compagnons. D'emblée, il avait flairé l'hostilité de certains et la déception des autres. Il n'était pas le bienvenu.

Pour se donner de l'importance, Méras fut le dernier à se montrer. On s'écarta pour le laisser passer. C'était un homme grand, large d'épaules, presque chauve, avec un visage dur et des yeux verts dans lesquels l'hypocrisie entretenait religieusement sa flamme.

Sourire aux lèvres, il s'arrêta à la hauteur de Livrad.

— Je suis bien content de te revoir, déclara-t-il sur un ton auquel il donna l'accent de la sincérité.

— Et moi de même ! mentit Livrad, jouant le jeu. Nos hommes ont fait du bon travail !

— Je n'ai jamais douté un seul instant de leurs capacités...

Méras jeta un coup d'œil par-dessus l'épaule de Livrad et aperçut Nadar. Son regard se fit insistant puis se détourna pour croiser celui de Sorim. Ce dernier ne broncha pas mais parut comprendre ce que Méras attendait de lui.

— J'ai appris certaine chose par les prisonniers luaniens, déclara Livrad. Il paraîtrait que quelques seigneurs névorands rêvent de conquêtes...

Méras, flairant le piège, feignit l'étonnement le plus complet.

— Ah ?... Tu es certain de cette information ? Qu'est-ce qui leur prend, aux Névorands ?

— On n'en sait trop rien, répondit Livrad. Peut-être que les luttes entre Zamidiens et Luaniens leur ont donné des idées ?... En tout cas, leur secret n'a pas été bien gardé et je ne serais pas étonné de voir bientôt certains pays signer des traités d'alliance dans un souci de protection...

— Bah ! fit Méras, plus contrarié qu'il ne voulait le laisser paraître, ce ne sont là que des bruits qui courent... On ne peut jamais se fier à un Luanien.

Tandis que quelques hommes s'occupaient d'attacher les chevaux ou de les faire entrer dans l'enclos qui leur était réservé, la conversation se poursuivait sur le même sujet.

Nadar, quant à lui, se sentait mal à l'aise. On le détaillait comme une bête curieuse. Il était l'inconnu, l'étranger qui n'inspirait que méfiance.

Une voix s'éleva soudain :

— Hé ! Livrad !... Qu'est-ce que tu nous as ramené là ? Une prise de guerre ?

— De quoi parles-tu, Sorim ?

L'homme, véritable montagne de graisse, désigna Nadar.

— De ça ! répondit-il.

— Nadar est mon ami, précisa Livrad, et j'entends qu'il soit par tous considéré comme tel !... Il était prisonnier, comme moi ! Et il n'est pas luanien ! C'est une raison suffisante pour qu'il trouve ici l'hospitalité !

Sorim toussota comme s'il voulait s'éclaircir la voix. En fait, c'était plus pour marquer une sorte d'embarras.

— Euh ! Si je comprends bien, insista-t-il, nous allons lui offrir l'abri et la nourriture ?

— Oui ! Et aussi longtemps qu'il le désirera, répliqua fermement Livrad. A moins que tu ne sois pas d'accord, Sorim ?

La montagne de graisse hocha la tête, fourragea dans sa tignasse brune, se gratta la nuque.

— Ce n'est pas que je sois contre... Mais ici tout le monde apporte sa part ! C'est la première loi du village !

— Nadar n'est pas une recrue. C'est mon invité !

— Cela revient au même ! La loi dit que tout homme qui veut entrer dans notre bande doit d'abord se soumettre à l'épreuve traditionnelle...

Sorim s'interrompit, considéra Nadar avec un air amusé et ajouta :

— Encore que je me demande si, en ce qui le concerne, ce ne serait pas un suicide. Fait comme il est...

Livrad ouvrit la bouche pour répondre à ce qui n'était finalement qu'une provocation. Méras le devança.

— Allons, Sorim ! Tu as entendu... Nadar est un ami. Ce n'est pas parce qu'il restera quelques jours parmi nous que...

— Il doit se soumettre à l'épreuve comme nous l'avons tous fait !

Un concert d'approbations s'éleva.

Le ver était dans le fruit...

Nadar fit un pas en avant, se planta devant Livrad.

— Je ne voudrais pas que ma présence soit la cause d'une querelle, dit-il. Tu m'as offert l'hospitalité et je l'ai acceptée... Mais je suis prêt à partir dès maintenant. Seulement, j'ai besoin de ton aide...

Un éclair de joie enflamma les prunelles de Méras.

— Tu as besoin de nous ! Et tu veux partir ?... Aurais-tu peur ?

— Je veux surtout éviter des ennuis à Livrad !

Méras ricana.

— Des ennuis ?... Oh ! nul ici ne songe à contester ses décisions. Seulement, il y a la loi, et celle-ci s'applique à tout le monde... Ta présence parmi nous demande le respect de la tradition. Rien d'autre. Or, tu sembles refuser la...

— Je ne refuse rien du tout ! protesta Nadar.

— Tu te soumettrais donc à l'épreuve ?

Livrad intervint :

— Non, Nadar ! Je ne peux pas l'admettre ! Tu es mon ami, mon invité ! Tu n'as jamais demandé à faire partie de notre bande, et par conséquent la loi ne s'applique pas à toi !

— Sorim a raison, déclara Nadar. Je comprends qu'il veuille s'assurer de ma personne !

Cette réplique en surprit plus d'un. Mais Livrad revint à la charge.

— Cette épreuve est un combat à mort, Nadar ! Tu comprends ce que cela veut dire ?... Un combat à mort ! Le nouveau venu doit affronter un volontaire. S'il n'est pas à la hauteur, il meurt !

Nadar s'efforça de rire.

— Alors, il ne sert à rien de recruter de nouveaux hommes, fit-il remarquer. Jusqu'ici, j'avais toujours cru qu'un recrutement avait pour but d'augmenter le nombre de ceux qui se réunissent autour d'une même idée...

— Oui, dit Livrad, mais si les adversaires sont courageux, si le combat est équilibré, si l'on juge que le nouveau est digne d'entrer dans notre bande, on ne va pas jusqu'à la fin de l'épreuve... Mais je le répète : la loi ne s'applique pas à toi !

Macis, comme tous les fidèles de Livrad, était sur des charbons ardents. L'incident risquait de prendre une tournure plus grave. Il fallait se tenir prêt à intervenir.

Par contre, ceux dont les sympathies allaient à Méras commençaient à s'agiter, levant le poing, proférant des injures, réclamant l'application de la loi.

Sorim avait bien manœuvré.

Nadar leva la main pour demander le silence.

— J'accepte de combattre ! dit-il d'une voix forte. Mais auparavant je vais poser des conditions ! Mon but, en venant ici, n'est pas d'entrer dans votre bande mais de me donner les moyens de poursuivre mon voyage !... Je veux qu'on me promette de me donner ce que je demande si je sors vainqueur du combat !

Un énorme éclat de rire monta du clan de Méras, s'opposant au sérieux et à l'inquiétude des fidèles de Livrad.

Méras, quant à lui, ne se moqua pas. Il demeura imperturbable, prenant en considération les propos de Nadar. Lorsque les rires et les plaisanteries cessèrent, il s'adressa à Livrad.

— Tu vois, Nadar sait ce qu'il doit faire. C'est un homme courageux... Nous pouvons donc lui promettre qu'il aura tout ce qu'il demande s'il est vainqueur ! A condition, bien sûr, qu'il ne se montre pas trop exigeant !

Ce fut un nouvel éclat de rire.

— La paix ! s'écria Méras. Nous respectons la tradition. Comme je viens de le dire, Nadar est un homme courageux. Il a donc droit au respect !

Quelques murmures coururent de bouche en bouche.

— Mais il faut aussi comprendre l'attitude de Livrad qui a cherché à éviter le combat... Nadar est son ami !

A quelques pas de là, Macis bouillait littéralement. Il aurait volontiers sauté à la gorge de Méras pour lui faire ravaler ses paroles.

— Mais assez parlé, poursuivit l'homme aux yeux verts, et passons aux actes ! Qui veut combattre Nadar ?

— Moi ! dit Macis.

Cependant, il ne fut pas le seul à réclamer cet honneur. Sorim et Matol se proposèrent également, ainsi que quelques autres.

Méras comprit très vite pourquoi Macis s'était porté volontaire, aussi son premier souci fut-il de l'écarter. Mais il le fit habilement et commença par éliminer ceux de son clan.

— Non, Hog, pas toi. Ni toi, Aleb... Je rends hommage à votre valeur mais vous avez eu une dure journée hier. La chasse vous a fatigués et je crois que vous n'êtes pas suffisamment en forme... Matol ? Non. Tu choisirais la hache et je te sais trop fort pour laisser la moindre chance à Nadar... Macis ? Hum ! Pourquoi pas ? Mais pourquoi pas Sorim puisque c'est lui, après tout, qui nous a rappelé la tradition ?... Veux-tu combattre, Sorim ?

— Oui, Méras. Je veux combattre !

Macis allait une nouvelle fois intervenir mais déjà on entraînait Sorim, on l'encourageait, on l'acclamait.

Satisfait, Méras appela Nadar et, jouant son rôle jusqu'au bout, lui dit d'un ton paternel :

— Comme le veut la loi, c'est toi, le nouveau, qui as le choix des armes. Regarde... Que préfères-tu ? L'épée ?... Le couteau ?... La hache ?... La javeline ?... L'arc, peut-être ?

Nadar lorgna les armes que l'on étalait au fur et à mesure devant lui. Seul l'arc lui était familier. En effet, dans le surmonde, et principalement à Aar, on pratiquait le tir à l'arc, discipline dans laquelle Maï-Kia-Dor excellait. Mais le Gofan avait été également un maître dans le combat à mains nues, et Nadar espérait avoir conservé le bénéfice de cet enseignement...

Mais le corps suivrait-il ?

Les réflexes seraient-ils toujours aussi rapides ?

— Alors ? fit Méras. Que décides-tu ?

Nadar hésitait à choisir l'arc. Pour beaucoup de raisons, la première étant qu'il redoutait quelque traîtrise d'un homme qui, assurément, devait avoir une parfaite connaissance du duel.

— Je suis obligé de choisir l'une de ces armes ?

Ce fut Livrad qui répondit :

— Oui... Et si je peux te conseiller...

— Je n'ai pas l'expérience des armes, coupa Nadar. Je suis un voyageur, un conteur d'histoires. Et un conteur d'histoires ne manie ni l'épée, ni la hache, ni le couteau... Cependant, je ne me dérobe pas ! Si vous êtes d'accord, je combattrai à mains nues !

Ses paroles furent accueillies par un tonnerre de rires et, cette fois, les fidèles de Livrad eux-mêmes ne purent se retenir. Sorim était un vrai colosse, et nul ne s'y trompait : sous la graisse, il y avait les muscles !

Auprès de lui, Nadar paraissait fluet. Pourtant, s'il était mince, il possédait une solide musculature. Le corps que les Gofans du laboratoire principal avaient fabriqué était un modèle de perfection.

— Nous sommes d'accord, déclara Méras faussement sérieux. Le combat se fera à mains nues !

Livrad échangea avec Macis un regard dans lequel on lisait la résignation. On ne pouvait plus sauver Nadar sans enfreindre la loi.

Les hommes du village ainsi que les femmes formèrent un grand cercle tandis que les deux adversaires ôtaient leur manteau et se préparaient à combattre.

***

Sorim et Nadar pénétrèrent dans le cercle. Sans attendre, Méras donna le signal que l'on attendait non sans impatience. Il y eut encore quelques rires, quelques réflexions.

— Vas-y, Sorim ! Amuse-nous un peu...

Le tas de graisse se rua sur Nadar, persuadé qu'il ne ferait qu'une bouchée de celui qui avait osé le défier à mains nues. Encouragé par les cris, ceux des femmes en particulier, Sorim n'était ni plus ni moins que le héros de la journée.

Nadar le vit venir. Il attendit le dernier moment pour effectuer un saut de carpe et échapper ainsi à l'attaque. Avant toute chose, il devait découvrir les points faibles de son adversaire et obliger celui-ci à commettre des erreurs.

— Ha ! tu as peur ! lança une femme. Tu n'as donc rien d'un homme !

Nadar ignora la réflexion, para la seconde attaque avec une facilité qui décontenança quelque peu le champion. Il jaugeait Sorim, le défiait. Il sautillait sur place, ou glissait en souplesse sur le côté, se dérobait sans cesse. Il n'avait encore donné aucun coup.

Par contre, Sorim se démenait. Poings serrés, il tentait de frapper fort. Ou bien il cherchait à saisir Nadar dans ses bras puissants. Mais chaque fois il ne rencontrait que le vide !

Un tel combat n'amusait guère le clan de Méras. Hommes et femmes encourageaient l'élu et insultaient Nadar. Livrad et les siens, en revanche, se sentaient déjà plus à l'aise. S'ils n'appréciaient pas le combat, puisqu'il n'y avait pas encore eu la moindre épreuve de force pour corser le spectacle, ils reconnaissaient que Nadar avait choisi la meilleure tactique eu égard à son infériorité musculaire.

— Sorim commence à s'énerver, murmura Macis à l'oreille de Livrad.

— Et il s'essouffle aussi... Mais il a de la résistance et cela peut durer longtemps...

Nadar continuait de sautiller autour de Sorim qui cherchait vainement à porter un coup. Et Nadar s'amusait ! Il riait chaque fois que Sorim le manquait, ce qui agaçait prodigieusement ce dernier.

Le Bor n'avait pas oublié l'enseignement qu'avait reçu Maï-Kia-Dor. Ses mouvements rapides, ses réflexes, les feintes dont il usait le lui prouvaient. Naturellement, il n'était pas question pour lui d'engager un corps à corps. Il devait, en permanence, conserver un espace suffisant pour préserver sa sécurité. Il ne quittait pas son adversaire des yeux, étudiait ses moindres réactions, se tenait sur la défensive.

Soudain, il glissa, perdit l'équilibre, tomba. Un mauvais sourire étira les lèvres de Sorim tandis qu'aux insultes ou aux encouragements se substituaient des cris d'enthousiasme.

— Il est à toi, Sorim ! Vas-y !

Le tas de graisse fonça sur Nadar qui n'eut que le temps de rouler sur lui-même. Mais, incapable de freiner son élan, Sorim s'étendit de tout son long dans la neige. Pour la plus grande joie de Livrad et des siens !

Mains sur les hanches, le Bor nargua le champion.

— Veux-tu que je t'aide à te relever ? demanda-t-il en riant.

Sorim répondit par un grognement, se remit sur pied, fonça derechef sur Nadar qui joua l'esquive. De justesse, Sorim rétablit son équilibre. Il soufflait comme un animal de bât. Une flamme meurtrière brillait dans ses yeux. Il avait perdu son assurance et frappait à tort et à travers, donnant libre cours à sa colère. Il se sentait humilié, ridiculisé par ce petit homme...

— Je te tuerai ! hurla-t-il.

— Oui ! Tue ! Tue ! firent écho plusieurs voix. Tue-le, Sorim !

Lentement, il avança sur Nadar, sûr de lui. Il avait décidé d'en finir. Cela, Nadar le devina immédiatement. Il se dit que le moment était venu de passer à la seconde phase du combat, d'adopter la technique de l'offensive. Aussi, dès que Sorim fut à trois pas de lui, il sauta et, d'une brusque détente, envoya ses deux pieds dans la face de son adversaire.

Ce dernier fut incapable de parer le coup. Il tomba à la renverse au milieu d'un brouhaha composé d'exclamations qui traduisaient la surprise ou la déception.

Quant aux rires, ils avaient tout bonnement changé de clan !

Sorim se prépara à la riposte mais il ne put seulement faire mine d'attaquer. Une nouvelle fois, avec la même violence, Nadar l'atteignait au visage, lui ouvrant la lèvre inférieure.

Le sang coulait.

Ivre de rage, Sorim se redressa. Nadar, qui ne riait plus, se rua sur lui et, avec une rapidité fulgurante, porta trois coups bien appliqués du tranchant de la main. L'un au niveau de l'estomac, le second à la base du cou, le troisième derrière la nuque.

Sorim vacilla.

Nadar ne lui laissa pas recouvrer ses esprits. Il le faucha d'un mouvement de jambes et recula aussitôt. Prenant appui sur ses mains, le colosse se releva péniblement. Les coups qu'il venait de recevoir l'avaient sonné. Malgré tout, il parvint à se remettre debout. Du revers de la main, il essuya le sang qui coulait de sa blessure et tenta de riposter.

Nadar l'attendait. Une feinte, un mouvement destiné à tromper l'adversaire, une détente préparèrent le coup qu'il porta.

Le dernier.

Juste entre les deux yeux de Sorim qui s'écroula.

Pour ne plus se relever.

Un silence de mort tomba sur le village, écrasant à

la fois ceux qui soutenaient leur champion et ceux qui avaient pris le parti de Nadar.

Le vainqueur se tourna vers Méras. Un Méras blême, décomposé. Un Méras qui devait se demander s'il rêvait...

— Je l'ai vaincu loyalement, déclara Nadar. Seulement, Sorim ignore tout des techniques de combat !

Méras sortit du cercle, constata que Sorim ne bougeait plus.

— Tu l'as tué ? demanda-t-il, inquiet.

— Non, rassure-toi. Il n'est qu'étourdi... Je ne me suis pas battu pour tuer !

Nadar fit une pause, fixa Méras et reprit :

— Je vais te donner un bon conseil, Méras... Méfie-toi toujours des étrangers ! Ne crois pas qu'ils te sont inférieurs parce qu'ils disposent d'une autre culture... Ne les juge jamais sur leur aspect !

— De quel droit me parles-tu sur ce ton ?

— De quel droit ?... Mais je suis ton égal, Méras ! J'ai subi l'épreuve, et j'ai gagné ! Je suis un homme de la bande. Comme toi ! Je vaux donc autant que toi et je n'ai d'autre chef que Livrad !... Cependant, je ne tiens pas à demeurer parmi vous. Je dois poursuivre mon voyage... Te souviens-tu de ta promesse, Méras ?

Celui-ci pinça les lèvres, s'aperçut qu'on l'observait. On attendait de lui quelque décision percutante. Mais que faire devant cet étranger décidément trop intelligent ?

La situation exigeait de la diplomatie.

— Tu auras ce que tu demandes, Nadar. Je m'y suis engagé... Mais je ne suis qu'un homme de la bande, c'est vrai. C'est au chef que tu dois t'adresser !

Méras tourna les talons, satisfait d'avoir trouvé une formule qui lui permettait de se retirer sans perdre la face.

Aussitôt, Livrad, Macis et quelques autres se précipitèrent vers Nadar tandis que d'autres encore, plus loin, aidaient Sorim à se relever.

— Où as-tu appris à te battre ainsi ? interrogea Macis qui était toujours sur le coup de la surprise.

— Dans mon pays, répondit Nadar. Dans le Domaine Intérieur de Kanav...

— Nous avons eu peur pour toi... Sorim est...

— Une brute, compléta Nadar. Rien d'autre.

— Tu es ici chez toi, dit Livrad. Tu resteras quelques jours...

— Non, Livrad. Je te remercie mais il faut que je parte... Le plus tôt possible... Maintenant !

— Maintenant ? Mais... Reste au moins un peu...

— Non... Donne-moi un cheval, des vivres, un autre manteau... Et aussi un arc et des flèches...

— Un arc ? fit Livrad, étonné. Tu sauras t'en servir ?

— Mieux que tu ne le crois !

— Alors, pourquoi n'as-tu pas choisi cette arme quand tu en avais la possibilité ?

— Simple : je ne voulais pas tuer Sorim.

— Lui n'aurait pas hésité.

— Je sais. Mais nous n'avons rien de commun.

— Enfin ! Quel genre d'homme es-tu ? En voulant épargner Sorim, tu as exposé inutilement ta vie !

Nadar sourit, découvrant des dents très blanches.

Un sourire auquel était sensible une jeune femme qui se tenait auprès de Macis.

— Non, Livrad. Au combat à mains nues, Sorim ne pouvait pas me vaincre ! Ni lui, ni le plus fort de tes hommes !... J'ai appris à en combattre trois à la fois !... Sorim, je te l'ai dit, n'est qu'une brute qui a trop confiance en lui, en sa force. Mais la force seule n'est rien... Je l'ai prouvé !

Il s'interrompit, se perdit un instant dans les méandres de ses réflexions, puis il reprit :

— Je dois partir...

Livrad soupira, fut sur le point d'insister encore. Nadar le devina car il ajouta :

— Plus tôt je quitterai le village, mieux ce sera pour tout le monde... Mais prends garde à Méras ! Il est habile !

— Toi aussi !... Dommage que tu ne puisses rester. Avec toi, je me sentirais plus fort...

— Bah ! tu t'en tireras bien tout seul... Et puis, tu as des hommes fidèles...

Livrad hocha la tête, acquiesça muettement.

— Viens ! dit-il. Je vais te donner ce que tu demandes... Deux de mes amis t'accompagneront pour te guider dans les défilés et t'indiquer le meilleur chemin...

CHAPITRE VI

Ayant reçu de Livrad tout ce qu'il fallait pour poursuivre son voyage, Nadar fit ses adieux. Puis il enfourcha le cheval bai qui répondait au nom de Tog. Il roula l'épais manteau de fourrure qu'il plaça dans l'une des poches de la selle, passa à sa ceinture le couteau à longue lame, rangea arc et flèches, et emporta les vivres.

Accompagné de deux fidèles de Livrad, il s'éloigna du village repaire alors que Psôôs, timidement, laissait filtrer ses rayons pâles sur le paysage enneigé.

Au sortir des défilés, les compagnons de Nadar rebroussèrent chemin non sans avoir échangé quelques paroles pleines de chaleur...

Et Nadar se retrouva seul dans les collines de Kélos, dans cette région du Pays de Rhaül que l'on disait infestée de daarax. Ce n'était pourtant pas la préoccupation majeure du Bor qui suivait la direction qui lui avait été indiquée.

Il pensait au Vouh, à son Complément, à cette femme qu'il ne connaissait pas encore et qu'il aimait d'un amour incompréhensible pour un humain normal.

La trouverait-il un jour ?

Cette quête, ce voyage étaient-ils vraiment utiles ? L'illusion n'était-elle pas de croire au bonheur ? Le monde était vaste, bien trop vaste, et Nadar serait l'éternel errant, poursuivant une ombre, une image floue...

Le Vouh. La femme... Un amour né de la justice impitoyable des Gofans. Un amour rendu impossible dès sa naissance !

Telles étaient les pensées de Nadar. Des pensées qui ne le quittèrent pas jusqu'au crépuscule. La nuit allait venir et il devenait impératif de trouver un abri. Juste avant le départ, Livrad avait rappelé à Nadar certaines précautions élémentaires sans lesquelles nul ne pouvait demeurer vivant dans la forêt. Le Bor s'en souvint.

Il avait le choix entre les branches solides d'un sapin, et une caverne... en ayant eu soin de s'assurer qu'elle ne fût pas habitée par quelque daarax.

Mais chercher refuge dans les branches ne souriait guère à Nadar. Il ne se voyait pas dormir à plusieurs lors au-dessus du sol, attaché de surcroît pour éviter le risque de chute. Une telle position devait être abominablement inconfortable et ne convenait qu'à un homme habitué à ce genre d'exercice.

Restait la caverne.

Dans cette région des collines de Kélos, les failles étaient moins nombreuses qu'à l'endroit où se dressait le village repaire. Nadar prit cependant le risque de poursuivre son chemin jusqu'à ce qu'il en découvre une.

La nuit tombait.

La caverne, petite, trop petite pour servir d'antre à un daarax, était coincée dans un amas de blocs de pierre, et à demi dissimulée par un bouquet de jeunes sapins.

Nadar jugea que c'était là l'endroit idéal pour passer la nuit.

Il mit pied à terre, attacha son cheval et, profitant des dernières lueurs du jour, il coupa quelques branches particulièrement touffues qui constitueraient sa litière. Le manteau de fourrure donné par Livrad rendrait cette dernière relativement confortable.

Le ciel se dégageait. Kôh et Linn, les deux astres nocturnes, jouaient avec les nuages, coulant leur lumière opalescente dans les trouées de végétation.

Il ferait froid, cette nuit. Plus froid qu'à l'ordinaire. Mais il ne neigerait pas. C'était au fond ce que souhaitait Nadar, sachant qu'il est malaisé de se déplacer dans la neige poudreuse.

Dès le lever du jour, il se remettrait en route. Il espérait atteindre ce village de bûcherons, signalé par Livrad, avant la prochaine nuit...

Nadar ne s'étendit qu'après avoir placé son arc et ses flèches à portée de sa main. Cependant, il ne trouva pas immédiatement le sommeil. La pensée du Vouh l'obsédait.

Tenter un nouveau contact ? A quoi bon ! Il avait perdu les facultés propres aux Gofans...

La forêt était silencieuse. Pas un bruit. Pas un cri d'animal. C'était à peine si Nadar entendait le vent glisser dans les branchages.

C'était une nuit comme il y en a peu, où tout

semble figé, comme si un dieu avait décidé d'établir une trêve...

***

Nadar se sentait lourd. Peu à peu, le sommeil le gagnait. La réalité de ses considérations se fondait aux images subtiles d'une ébauche de rêve. Son cerveau s'embrumait. Maï-Kia-Dor reprenait vie comme s'il échappait à un lointain passé, et Aar la somptueuse dressait dans la nuit glacée ses blanches tours et ses orgueilleux édifices...

Visions multiples et fugaces. Des éclairs... Un océan démonté... Une tempête...

Nadar se dressa brusquement. Quelque chose venait de le tirer de cette torpeur qui précède le sommeil.

Haletant, il écouta, persuadé qu'il avait enregistré inconsciemment un bruit ou un cri. Ce qui s'était produit était sans aucun doute très proche. Le bruit, s'il s'agissait effectivement d'un bruit, avait été amplifié par contraste, eu égard au silence qui régnait...

Nadar saisit son arc et, retenant sa respiration, s'empara d'une flèche, se prépara à tirer.

Doucement, il rampa jusqu'à l'entrée de la caverne, scruta le paysage, essaya de repérer les traces laissées dans la neige par un animal, loup gris ou daarax en particulier.

La lumière des astres nocturnes ne lui montra que ses propres empreintes et celles des sabots de son cheval.

Son cheval...

Pourquoi n'y avait-il pas pensé plus tôt ? Si quelque animal était venu rôder dans les parages, Tog n'en aurait-il pas été aussitôt averti, lui le premier ? Assurément, il se serait manifesté. Or, il n'avait pas bronché.

Donc, il ne s'agissait que d'un bruit parfaitement naturel. Un coup de vent, une branche qui craque, une pierre qui roule...

Nadar se sentit rassuré. Il baissa son arc, jeta encore un coup d'œil aux alentours puis regagna le fond de sa caverne. Il ne s'expliquait pas sa brusque réaction. D'ordinaire, il était plus calme... Enfin, auparavant, Maï-Kia-Dor l'était !

La fatigue, probablement.

Le Bor songea de nouveau à dormir. Il s'enveloppa dans la fourrure, oubliant l'incident. Lentement, il s'enfonça dans un univers ouaté, un univers à mi-chemin entre la réalité et le rêve.

Des clichés réapparurent.

De l'eau. Beaucoup d'eau... Un océan. Des îles. De grands oiseaux blancs...

C'était comme un paradis qui se situait loin, très loin du surmonde, très loin aussi du Pays de Rhaül. Cela ne devait exister que dans l'imagination.

Soudain, Nadar ouvrit les yeux.

Ce paradis... Cet océan... Ces îles... Pourquoi pensait-il à cela ? Pourquoi rêvait-il alors qu'il était encore éveillé ? Pourquoi ne parvenait-il pas à s'endormir ?

Son cœur s'emballa.

Le Vouh !

C'était le Vouh qui tentait de communiquer ! Oui.

Il n'avait pas le droit d'en douter. L'idée du Vouh était extraordinairement présente dans ces images...

Nadar ouvrit son esprit, se laissa pénétrer par les pensées, toujours les mêmes, voulut créer l'échange. Mais il se heurta à un barrage : celui que lui imposait sa condition d'humain ! Il n'était qu'un homme, un être inférieur. Fou qu'il était !

Mais comment faisait le Vouh ?

Comment donc procédait la femme ? Elle aussi était humaine !

Avait-elle conservé une trace de ses facultés, des facultés de Maï-Kia-Dor, ou avait-elle découvert une autre façon d'utiliser la télépathie ?

Une autre question se posa instantanément à Nadar.

Et si ce n'était pas le Vouh ?

Qui, dans ce cas ?

Il demeura perplexe.

Mis à part le Vouh, qui donc était capable de... ?

— To-Hy-Kian ! s'exclama Nadar. C'est To-Hy-Kian ! Ce ne peut être que lui ! Il sait ! Il a retrouvé le Vouh... Et il m'a retrouvé !

Nadar, par la joie qu'il éprouvait, oublia de garder son esprit en état de réception. Il n'y eut plus aucun contact. Le fil s'était rompu.

— To-Hy-Kian..., murmura encore Nadar.

Son ami, l'ami de Maï-Kia-Dor, avait certainement fourni un effort considérable pour projeter sa pensée. C'était un Suprême, un Gofan supérieur, mais tout de même, ce qu'il avait fait était extrêmement difficile... et dangereux ! Il avait fourni à Nadar une précieuse indication et lui évitait par la même occasion bien des tourments inutiles.

« L'Empire de l'Eau », songea Nadar.

C'était dans l'Empire de l'Eau, au large des côtes du Pays Long qu'il retrouverait son Complément...

Nous avons été UN.
N'oublie jamais, le Vouh.
Dans un passé serein,
Nous avons été UN.

CHAPITRE VII

Nadar était en route depuis l'aube, n'ayant fait aucune halte. Son cheval allait au pas, le servait docilement. Avant le départ, l'homme et l'animal avaient partagé le même repas : des galettes sèches, sucrées, et des racines bouillies.

Psôôs, qui s'était montré par intermittence au cours de la journée, déclinait. Dans un peu moins de deux noras il ferait nuit.

Nadar guidait Tog à travers la forêt, se fiant toujours aux indications données par les hommes de Livrad. Il se montrait plus attentif que jamais, ayant constaté que l'écorce des grands sapins noirs, en maints endroits, était arrachée ; un indice qui trahissait la présence des daarax. Arc et flèche dans la main gauche, Nadar observait les alentours, prêt à se défendre.

Le village qu'il cherchait se situait probablement dans cette région. Nadar avait reconnu, sans erreur possible, les rochers rouges, le torrent, les petits lacs gelés, autant de points de repère. Il ne tarda pas à se rendre compte que ses suppositions étaient justes.

Des coups sourds, répétés, brisaient le silence. Des bûcherons travaillaient non loin de là.

Après avoir localisé les bruits qui se succédaient en cadence, Nadar poussa Tog dans leur direction. Derrière le rideau d'arbres, il découvrit une clairière, un lieu que la main de l'homme avait déboisé.

Le cheval se traça un chemin parmi les souches et les troncs couchés, conduisit son maître vers un groupe de bûcherons qui, ayant aperçu le cavalier, cessèrent toute activité.

Nadar les sentit méfiants. Il ne devait guère circuler beaucoup de voyageurs dans les parages. Les bûcherons avaient gardé leur cognée et la serraient contre eux comme s'ils étaient prêts à en user contre le cavalier. Ils étaient douze, tous de forte carrure à l'exception d'un garçon dont l'âge ne dépassait pas les vingt dartas.

Parvenu à leur hauteur, Nadar les salua d'un signe de tête, se remémora l'une des treize bases langage apprises par Maï-Kia-Dor, et déclara :

— Mon nom est Nadar... Je viens du nord... Je suis un ami... Je voudrais parler au... chef de... votre village...

Ses paroles étaient entrecoupées de courts silences, d'hésitations, comme s'il cherchait ses mots.

Les bûcherons le regardaient avec un certain étonnement ; un étonnement mêlé de crainte, aurait-on dit.

Ils ne répondirent pas, mais ils baissèrent leur cognée. Sans doute avaient-ils jugé qu'ils ne craignaient rien de cet étranger.

Nadar, considérant leur mine, crut qu'il s'était mal

exprimé, aussi recommença-t-il plus lentement, en s'efforçant de soigner l'accent particulier de la langue en usage dans le Pays de Rhaül.

— Mon nom est Nadar... Je viens du nord... Je suis un ami... Je voudrais parler au... chef de votre village.

Les bûcherons se consultèrent du regard. Aucun d'entre eux ne parla. Nadar tiqua. Quelle langue devait-il employer pour se faire comprendre de ces hommes ?

Ce fut un grognement épouvantable qui répondit à sa question. Un grognement suivi d'un long cri rauque qui se prolongea. A quelque dix lors du groupe, dressé sur ses pattes de derrière, un daarax venait de surgir, prêt à attaquer. Aussitôt, les bûcherons, sur un mot de l'un d'eux, coururent se mettre à l'abri derrière les troncs d'arbre. Illusoire protection ! Sûr de sa force, le daarax attaquait !

Tog se cabra, hennit. Nadar le calma puis banda son arc.

Une flèche siffla, atteignit le daarax en plein dans l'œil droit. Un second trait, décoché avec une extraordinaire rapidité, lui creva l'œil gauche. Le monstrueux animal, dont la taille égalait celle de deux hommes pour le moins, poussa un hurlement féroce. Ses pattes aux griffes puissantes voulurent déchirer et tuer. Il avança en aveugle sans cesser de hurler, s'immobilisa puis s'abattit de tout son poids dans la neige qu'il tacha de son sang.

Mort, il était encore très impressionnant. Sa tête, grosse comme cinq à six fois celle d'un humain, était surmontée d'une crête osseuse que l'on devait craindre autant que sa gueule aux crocs démesurés, autant que ses griffes. Bête splendide avec son épaisse fourrure gris-bleu, mais extrêmement redoutable !

Les regards allèrent du daarax à Nadar. Sur les visages, l'étonnement et la crainte avaient disparu, remplacés par l'admiration. Alors les bûcherons s'approchèrent et s'inclinèrent devant Nadar.

Celui-ci, d'abord surpris, se sentit profondément mal à l'aise. Il ne savait plus quelle contenance prendre.

Que se passait-il exactement dans l'esprit de ces hommes ?

Pourquoi ne parlaient-ils pas ? Quelle était la raison de leur bizarre comportement ?

Nadar ne comprenait pas.

Le plus âgé du groupe déposa sa cognée, esquissa un sourire et s'avança.

— Tu... tu es un dieu, n'est-ce pas ?

C'était bien là une question à laquelle le Bor était loin de s'attendre. Mais peut-être se trompait-il ? Peut-être avait-il mal interprété le sens des paroles du bûcheron...

Ce dernier, devant son mutisme, redemanda :

— Tu es un dieu ?

Mais le ton employé indiquait qu'il s'agissait plus d'une affirmation que d'une question. Cette fois, Nadar était certain d'avoir parfaitement compris.

— Non, se défendit-il. Je ne suis pas un dieu, mais un homme comme toi !... Mon nom est Nadar.

— Si ! insista le bûcheron. Tu es un dieu ! Un dieu de Kouros ! Tes yeux et tes cheveux en sont la preuve... Et nous avons vu comment tu as tué le daarax ! Tu es un dieu, je le sais !

Nadar hocha la tête.

— Tu fais erreur… Si mes cheveux et mes yeux ne sont pas semblables aux tiens, c'est parce que je suis originaire d'un pays lointain…

— Quel pays ?

Nadar hésita un instant avant de répondre :

— Je suis né dans le sud du Pays de Sabal, tout près du grand désert de Kahana…

L'homme demeura perplexe.

— J'ignore pourquoi tu veux cacher la vérité… Mais tu as certainement tes raisons…

— Je te répète que je ne suis pas un dieu ! Je ne suis qu'un voyageur et j'ai besoin d'aide… On m'a dit que je trouverais par ici un village où je pourrais me reposer…

Le bûcheron se tourna vers ses compagnons, garda le silence pendant un long moment, en proie aux réflexions les plus déroutantes. Mieux valait, de toute façon, respecter la volonté du dieu, faire semblant de croire qu'il n'était qu'un homme.

— Tu seras le bienvenu, Nadar… Mon nom est Pak. Je suis le chef du village que tu cherches. Viens ! Suis-nous !

Le plus jeune des bûcherons s'avança à son tour. Il avait un visage agréable encadré de longs cheveux noirs.

— Je m'appelle Kired, déclara-t-il. Si tu le veux, tu te reposeras chez moi…

Nadar sourit.

— Entendu, Kired !

Il demanda, plus bas :

— Qu'est-ce que cette histoire de dieu ?

Le garçon parut quelque peu embarrassé par la

question. Il aurait préféré que ce fût Pak qui réponde. Pak était plus âgé. Il savait plus de choses. Mais le chef marchait là-bas devant et discutait avec les autres bûcherons. Et, bien sûr, ils devaient parler de Nadar.

Deux hommes étaient restés en arrière pour dépecer le daarax.

— Alors ? fit Nadar.

— Tous ceux qui ne nous ressemblent pas sont des dieux, répondit Kired.

— Voilà une idée bien curieuse !

— Ce que je dis est vrai ! Les dieux, il y a longtemps, sont venus ici ! Et ils nous ont aidés !... Il y a très très longtemps ! C'est une très vieille histoire...

Nadar descendit de cheval, tint celui-ci par la bride, marcha auprès du garçon.

— Et tu crois que je ressemble à l'un de ces dieux ?

Kired haussa les épaules, lança un coup d'œil furtif à Nadar.

— Pourquoi fais-tu celui qui ne comprend pas ?

— Mais je ne comprends pas, Kired !

— Tu te moques de nous...

— Non pas ! Dis-moi ce que tu sais ! Crois-tu que je ressemble à l'un de ces dieux ?

— Non... Pas à ceux dont parle l'histoire. Ceux-là étaient très petits, avec de gros yeux... Mais avant eux, il y en a eu d'autres dont nous ne savons presque rien sinon qu'ils avaient des cheveux comme les tiens...

Nadar soupira.

— Tout cela me paraît compliqué, dit-il. L'histoire à laquelle tu fais allusion n'est certainement qu'une légende...

— L'histoire est vraie ! Nous avons la preuve que les dieux ont bien existé !

Nadar était sur le point de demander des précisions à Kired quand Pak, revenu sur ses pas, annonça que l'on approchait du village.

— Nous arrivons, Nadar. Me feras-tu l'honneur de te reposer dans ma maison ?

— Eh bien... je te remercie, Pak. Seulement, Kired m'a déjà offert de dormir sous son toit, et j'ai accepté...

Pak eut un sourire bienveillant qu'il accompagna d'un geste fataliste.

— J'aurais dû m'en douter, fit-il. Qu'il en soit donc ainsi...

***

Le village, composé d'une trentaine de maisons construites en rondins, était défendu par une palissade percée d'une large porte. Protection contre les daarax et les grands loups gris.

Les bûcherons vivaient pauvrement. Périodiquement, ils se rendaient dans les villes et les villages, allaient parfois très loin pour vendre des objets sculptés, des peaux, des fourrures, et revenaient, leur traîneau chargé de sacs de farine, d'armes ou d'outils. Ils menaient une vie rude mais, apparemment, ils étaient heureux.

Lorsque le groupe fut entré, on referma la large porte. Un homme se précipita pour prendre soin de Tog. Ce dernier irait tenir compagnie aux autres chevaux de l'écurie et recevrait sa part de nourriture.

— Sois le bienvenu, répéta Pak.

Il se tourna vers une femme qui était allée à sa rencontre, la présenta.

— Voici Elane, mon épouse...

— Mon nom est Nadar, Elane... Mais je vois dans tes yeux beaucoup d'étonnement. Ne crois pas toi aussi que je sois un dieu. Je ne suis qu'un homme, un voyageur qui demande asile...

— Tu... tu trouveras ici un toit..., balbutia-t-elle. Et aussi de la nourriture...

— Merci, Elane... Je ne demande rien d'autre. J'ai fait une longue route et j'ai besoin de me reposer... Une nuit sera suffisante. Je partirai demain...

— Déjà ? fit Kired.

— Je ne puis m'attarder...

— Es-tu donc si pressé ? demanda Pak. Reste au moins quelques jours... Nous menons une vie simple, sans distractions. Et tu dois avoir des histoires à raconter...

Nadar eut un soupir de regret.

— J'aimerais rester, répondit-il aimablement, mais j'ai une mission à accomplir. Ne me retenez pas... D'ailleurs, je suis pauvre et je n'ai rien pour payer ce que je mangerai...

— Tu as tué un daarax ! s'exclama Pak. Sa viande n'est pas bonne mais sa fourrure a beaucoup de valeur. Nous trouverons à l'échanger contre quelques sacs de farine... De plus, tu as sauvé quelques-uns d'entre nous car, avec nos cognées, nous ne serions pas facilement venus à bout du monstre !

— Laissons cela, ami. Ce qui est dit est dit... J'ai fait vœu de ne jamais m'attarder. Je te remercie pour la chaleur de ton accueil mais je ne changerai rien à ce que j'ai décidé. Demain sera le jour de mon départ...

Pak baissa la tête, déçu, contempla un instant le bout de ses pieds, puis acquiesça.

— Si telle est ta volonté, je ne puis y faire obstacle... Va, Nadar. Ne fais pas attendre Kired davantage.

*
**

Un feu joyeux dansait dans la cheminée, léchant une marmite dans laquelle cuisaient des morceaux de viande et des racines tendres.

Debout près de l'âtre, une jeune fille tout juste sortie de l'enfance chantait en fixant les flammes qu'elle ne voyait pas. Lorsque la porte s'ouvrit, elle sursauta. Kired et Nadar entrèrent.

La jeune fille émit un « Oh ! » de surprise, demeura bouche bée devant cet étranger qui venait de franchir le seuil de la demeure.

— Pha..., ma sœur, présenta Kired.

Nadar s'approcha pour la saluer, remarqua sa beauté, la fraîcheur de son teint.

— Nos parents sont morts, expliqua Kired. Notre mère est morte en mettant Pha au monde... Quant à notre père, un loup gris l'a tué à la mauvaise saison dernière... alors qu'il revenait au village... Maintenant, nous vivons seuls...

Pha dévisageait Nadar, ne sachant que dire devant cet homme aux cheveux blonds comme le miel, aux yeux couleur d'aigue-marine, à la barbe inculte qui lui mangeait la moitié du visage.

Nadar, ayant deviné aisément ses pensées, s'empressa de dissiper tout malentendu.

— Je ne suis pas ce que tu crois, Pha. Je ne suis qu'un homme. Rien qu'un homme... Je suis ici pour me reposer. Ton frère m'a offert l'hospitalité...

— Et il veut repartir dès demain ! compléta Kired sur un ton de reproche.

— Je le dois, dit Nadar.

Un voile de tristesse ternit brusquement son regard. Le Bor pensait au Vouh... Peut-être son Complément possédait-il la beauté de Pha ?

Oui, il fallait qu'il parte.

— Je le dois, répéta-t-il, songeur.

Comme s'il désirait échapper à un rêve éveillé, il se tourna vers Kired.

— Parlons de cette histoire de dieux... Tu ne m'as rien dit sur eux...

Les lèvres de Pha frémirent. Pourquoi cet étranger, qui se prétendait homme, parlait-il des dieux ?

— Bah ! fit le garçon, à quoi bon puisque tu n'y crois pas !

— Tu m'as dit que tu avais des preuves...

— Elles existent, c'est vrai... Si tu étais resté quelques jours, j'aurais pu te les montrer.

— Pourquoi pas maintenant ?

— C'est impossible. Il faudrait que nous nous rendions à... l'endroit hors du monde ! C'est à sept ou huit jours de marche !

Nadar fronça les sourcils. Ce n'était pas la longueur du trajet qui éveillait sa curiosité mais les mots

LES EDITIONS FLEUVE NOIR
PRÉSENTENT
LES
BEST-SELLERS
DE LA
SCIENCE FICTION
AMERICAINE ET SOVIETIQUE
LES BEST SELLERS
Special Double
SCIENCE FICTION
AMERICAINE
Poul Anderson
Le dernier chant des Sirènes
ANTICIPATION
FLEUVE NOIR
LES BEST SELLERS
Volume Simple
SCIENCE FICTION
SOVIÉTIQUE
Arcadi et Boris Strougatski
Le Scarabée dans la fourmilière

étranges que Kired avait employés pour désigner un endroit particulier.

— Tu as dit... l'endroit hors du monde?... Qu'est-ce que c'est ?

Nadar alla s'asseoir auprès du feu. Pha et Kired l'imitèrent.

— C'est... un lieu bizarre, répondit le garçon. Là-bas, rien n'est pareil. Il n'y a pas de neige, pas de vent, et il ne fait pas froid. Cependant, c'est très humide... Plus on avance, plus il fait sombre... J'y suis allé une fois avec Pak et quelques autres, mais nous n'avons pas osé entrer dans la cité...

— Il y a une cité ?

— C'est la cité hors du monde... La demeure des dieux !

— Et selon toi les dieux habiteraient encore cette cité ?

Kired hésita un peu avant de répondre :

— Oui... Mais les dieux ne sont plus comme avant...

— Comment le sais-tu ? Tu les as vus ?

— Non. Personne ne les a vus. Mais on sait qu'ils sont là... S'ils étaient restés les mêmes, ils ne se cacheraient pas. Ils nous aideraient encore, comme ils ont aidé nos aïeux !... Dans le passé, ils ont donné de la nourriture alors que notre communauté mourait de faim. Ils ont guéri des malades, ont appris nos parents à construire des maisons et fabriquer des outils, et bien d'autres choses aussi... Et ils ont brusquement disparu...

Ce que disait Kired intriguait fortement Nadar. Ce dernier écartait la légende, étant plus enclin à croire en l'existence d'un peuple qui possédait, ou avait possédé une civilisation avancée... Et quelle était cette cité construite dans une région si différente du décor environnant ? Pourquoi le climat n'était-il pas le même qu'ailleurs ?

Cela ne pouvait assurément s'inventer. En tout cas, ce n'étaient certes pas les habitants de ce village qui avaient imaginé cela pour le plaisir...

L'idée que les Gofans dissociés s'étaient peut-être regroupés dans le passé effleura l'esprit de Nadar.

— Comment étaient-ils, ces dieux ? demanda-t-il.

— Ceux-là ?... Petits. Avec une peau couverte d'écailles. Avec de gros yeux... Hum... c'est ce que dit l'histoire.

« Et elle a sûrement raison, pensa Nadar. Aucun rapport, donc, avec les dissociés. »

Néanmoins, il insista :

— Tu m'as dit que je ressemble aux dieux plus anciens...

— Aux Serks, oui... Eux étaient très grands...

— Les Serks ?... Et les autres, comment s'appellent-ils ?

— Les Oumars... Mais si l'on sait que les Serks ont existé, on ne se souvient plus, en Pays de Rhaül, de ce qu'ils ont fait... L'histoire dit qu'ils ont eu des contacts avec tous les peuples, principalement avec ceux du Pays Long, du Territoire des Névorands, de la Luanie, de la Zamidie et du Royaume de Gôh... L'histoire dit encore qu'ils possédaient de très grands pouvoirs, qu'ils détenaient de nombreux secrets et qu'ils étaient capables de voyager dans le temps par la pensée...

— Mmm !... Ceux que tu appelles les Zomars...

— Non ! Les Oumars, rectifia Kired.

— Oui, les Oumars... Ceux que tu appelles ainsi étaient-ils eux aussi capables d'effectuer ces choses extraordinaires ?

— Les dieux peuvent tout !

— Mais encore ?

— Ils lisaient dans la pensée, dit l'histoire... Leurs pouvoirs étaient grands et leurs connaissances également. Les Oumars avaient percé tous les mystères de Kouros !

Nadar tenta derechef d'établir la part qui revenait à la légende et celle qui appartenait de droit à la réalité. Assurément, les croyances de Kired reposaient sur un fond de vérité. Le passé avait vu naître et mourir deux puissantes civilisations dont les représentants avaient joué un rôle non négligeable auprès des peuples du continent. Et les générations, se succédant, avaient transmis le souvenir des âges heureux, enjolivant parfois les histoires qui s'y rattachaient...

Nadar demeura pensif.

— Tu ne dis rien, fit remarquer Kired.

— Oh !... Excuse-moi. Je réfléchissais...

En fait, Nadar était de plus en plus intrigué. Selon Kired, certains « dieux » étaient toujours vivants, du moins les Oumars, ceux qui habitaient la cité hors du monde, et rencontrer quelques représentants d'un peuple plus évolué pouvait offrir un réel intérêt...

Pha ne cessait d'observer Nadar. L'étranger n'était pas un homme comme les autres bien qu'il eût affirmé le contraire... Tous les habitants du village devaient penser cela également.

Nadar s'accorda encore un long moment de réflexion puis, brusquement, il demanda :

— Voudrais-tu me conduire à la cité hors du monde ?

Le visage de Kired s'illumina.

— C'est vrai ? Tu le désires vraiment ?

— Ce que tu m'as dit m'intéresse...

— Alors je te conduirai !

Pha lança à son frère un regard inquiet.

— Tu vas partir ?

Kired sembla réaliser que Pha demeurerait seule. Il hocha la tête, embarrassé, et s'empressa de déclarer :

— Tu resteras avec Elane. Avec elle, tu seras bien...

— Kired... Je pars avec toi... Je veux voir moi aussi la cité des dieux !

— Il vaut mieux que tu restes au village, Pha. Le voyage sera long, pas tellement agréable... Et puis, il y a les loups et les...

— Je pars avec toi ! insista la jeune fille.

Kired acquiesça muettement. C'était la première fois que Pha manifestait ainsi sa volonté. Habituellement, elle était lointaine, assez insaisissable, un peu comme si elle vivait en permanence dans un autre monde. Kired pensa que la présence de Nadar était certainement la raison principale de ce désir.

— Quand veux-tu partir ? demanda le garçon à Nadar.

— Demain, répondit l'homme.

CHAPITRE VIII

Ils avaient quitté le village depuis sept jours.

Lorsque Kired avait confié à Pak son intention de se rendre, avec Nadar et Pha, à la cité hors du monde, il n'avait provoqué aucun étonnement. Le chef du village n'avait été nullement surpris, considérant qu'il entrait dans la logique des choses qu'un dieu voulût rejoindre d'autres dieux...

Ayant toutefois recommandé la prudence et émis quelques réserves quant à la présence de Pha, il avait offert à Kired son propre cheval.

Ce huitième jour qui commençait ressemblait aux précédents. Le ciel gris formait un écran entre Psôôs et le Pays de Rhaül. Le vent froid persistait. Kired annonça cependant que l'on atteindrait le lieu hors du monde avant le milieu de la journée et que l'on ne tarderait pas à observer de bien curieux indices.

Pha, qui montait en croupe, se blottissait frileusement contre son frère. Elle parlait peu, paraïssait lointaine, détachée de tout mais, comme Kired et Nadar, elle avait hâte de toucher au but. Ce voyage en pleine forêt était particulièrement éprouvant.

Bientôt, un détail vint rompre la monotonie : la neige fondait. En cet endroit, la température était beaucoup plus douce. En revanche, la lumière du jour semblait s'atténuer progressivement.

— Nous approchons, déclara Kired à qui les changements dans le décor ambiant n'avaient pas échappé. Nous nous trouvons à la limite des deux mondes...

Ils continuèrent d'avancer tout en observant ce qui se produisait autour d'eux. L'aspect général du paysage se modifiait de manière imperceptible. On ne remarquait le détail que lorsqu'il avait pris suffisamment d'importance. Le ciel devenait de plus en plus sombre. Le vent froid s'apaisait. Les grands sapins noirs se débarrassaient de leur manteau de neige. Des ruisselets d'eau claire serpentaient entre les touffes d'herbe qui apparaissaient çà et là.

Peu à peu l'on s'enfonçait dans l'autre monde, celui de la cité des dieux. Il régnait là une autre vie, un autre silence. L'atmosphère elle-même se transformait.

Nadar remarqua l'inquiétude sur le beau visage de Pha. Kired, quant à lui, affichait une assurance qui n'était certainement due qu'à la présence de Nadar.

Une petite pluie fine et tiède s'était mise à tomber et achevait d'effacer la neige. Des milliards et des milliards de gouttelettes minuscules qui formaient un léger brouillard et qui semblaient vampiriser la lumière.

Moins nombreux, les sapins noirs cédaient le terrain à l'herbe, aux fougères et aux buissons. Dans cette zone tempérée, le jour était encore assez fort pour permettre à la végétation de croître. Mais il s'estompait graduellement, s'alliant à la pluie pour fondre les ombres.

Nadar reconnaissait que Kired n'avait rien exagéré. C'était la première fois qu'il découvrait un lieu aussi étrange. Pour lui, il ne faisait aucun doute que cette région bénéficiait d'un microclimat qui la plaçait hors du monde normal.

Phénomène naturel ou artificiel ?

Les dieux, les Oumars, avaient-ils choisi cet espace en raison de sa particularité ou bien l'avaient-ils fabriqué ? Pourquoi s'étaient-ils installés là ?

Les questions amenaient d'autres questions qui rendaient Nadar de plus en plus impatient. Les Oumars, assurément, étaient des êtres très évolués. S'ils avaient créé un microclimat (et Nadar penchait volontiers pour cette hypothèse), c'était certainement parce qu'un milieu aussi singulier répondait à un besoin. Peut-être en retiraient-ils un bénéfice lié à la culture des plantes ?... Cependant, sans la lumière bienfaitrice, que pouvait-il pousser là ?

Nadar était d'avis qu'il existait dans la cité un mystère à découvrir. Un mystère que les Gofans eux-mêmes ne connaissaient pas !

La végétation se clairsemait. Elle se réduisit rapidement à quelques misérables touffes d'herbe grise pour disparaître tout à fait.

C'était le crépuscule.

Kired fit arrêter sa monture, tendit le bras.

— La cité hors du monde ! annonça-t-il.

Nadar l'aperçut à l'horizon, masse informe et noire couchée sur un sol boueux et nu à l'exception de quelques rochers, de quelques arbres morts couverts de mousses. Il la situa à quatre ou cinq sergs et jugea, d'après la distance, que les constructions qui la composaient ne possédaient qu'une faible hauteur. Seul un édifice, placé à peu près au centre, dominait.

La petite pluie fine noyait tout, formait d'énormes flaques d'eau. Elle constituait l'un des éléments permanents du décor, au même titre que ce crépuscule qui, selon les affirmations de Kired, ne variait jamais, même lorsque sur le Pays de Rhaül descendait la nuit...

— Allons-y ! décida Nadar.

Ils lancèrent les chevaux au galop.

*
**

Ils s'arrêtèrent non loin de la cité. Celle-ci était faite de constructions basses serrées les unes contre les autres desquelles émergeait un bâtiment de forme ovoïde, haut de vingt à vingt-cinq lors. C'était une ville fantôme, une ville abandonnée. Beaucoup d'habitations étaient en partie écroulées. Les mousses recouvraient les pierres, empâtaient les formes, livrant un combat silencieux aux lichens et aux champignons microscopiques. Une luminescence verdâtre émanait de cet ensemble chaotique, luminescence qui donnait à la cité une note fantastique supplémentaire.

— Tu me crois, maintenant ? demanda Kired.

— Je constate qu'il a existé ici une civilisation, répondit Nadar. Mais cela ne prouve pas que les habitants de cette cité étaient des dieux !

— Mais... rien n'est pareil qu'ailleurs ! répliqua le

garçon. Tout a changé ! Il n'y a plus de neige, plus de vent, plus de lumière !

— Je te l'accorde. C'est un lieu bien étrange... Cependant, il y a une explication à cela, et je veux la trouver !

Kired ouvrit de grands yeux.

— Voir ne te suffit pas ? Tu... tu veux entrer dans la cité ?

— Oui ! Je dois savoir !

— N'y va pas, Nadar ! Il ne faut pas y aller !

— Pourquoi cela ?

— Il ne faut pas déranger les dieux...

Nadar soupira.

— Ecoute, Kired... Ceux qui ont vécu là n'étaient pas des dieux mais des êtres qui possédaient énormément de connaissances. Ils formaient une race à part, leur civilisation étant très en avance par rapport à toutes celles de Kouros... Je veux en savoir plus, et pour cela je dois pénétrer dans la cité !... Tu resteras ici, avec Pha. Vous garderez les chevaux et attendrez mon retour...

Il s'interrompit, regarda la jeune fille et poursuivit :

— A moins que vous ne préfériez retourner au village...

— Nous t'attendrons, Nadar, s'empressa de déclarer Pha, ne laissant pas à son frère le temps de répondre.

Toujours cette petite pluie fine, cette même tiédeur, ce même crépuscule. Pha, d'un geste délicat, écarta une mèche de cheveux qui tombait sur son front. Elle répéta :

— Nous t'attendrons...

— Bon ! fit Nadar. Dans ce cas, vous allez vous mettre à l'abri, là-bas, dans cette maison. Ne craignez rien.

— Mais qu'espères-tu trouver ? demanda Kired.

— Une explication à la disparition des Oumars, répondit l'homme. Je veux voir de plus près à quoi ressemble leur civilisation !... Et puis, ne m'as-tu pas dit que les Oumars habitent encore la cité ?... Si cela est vrai, il me faut entrer en contact avec eux !

Kired ne répondit pas.

— Allons ! enchaîna Nadar, ne fais donc pas cette tête...

Ils mirent pied à terre, avancèrent en pataugeant dans la boue et s'arrêtèrent au niveau des premières constructions.

— Je te confie Tog, dit Nadar. N'aie pas peur, je serai bientôt de retour... Néanmoins, si vous vous sentiez menacés, partez !

Pha s'élança vers lui, chercha refuge dans ses bras, murmura :

— Sois prudent, Nadar...

Il la serra contre lui, ferma les yeux, sentit une profonde tristesse l'envahir. Un flot d'images acides lui brûla l'esprit. Aar la somptueuse, les jardins, la Résidence, Rah-No-Lor, le simulacre de jugement, la dissociation... Le Vouh...

Un jour, il retrouverait son Complément et le serrerait contre son cœur comme il serrait Pha. Un jour, peut-être... Il l'espérait. Il souhaitait que la femme qu'il cherchait fût aussi douce que Pha, aussi tendre, aussi belle...

Un trouble curieux s'emparait de lui. Il éprouvait pour la jeune fille une attirance qui le transformait.

Il savait que c'était là une réaction normale chez un homme.

Deux formes de pensées se mêlèrent : celle du Gofan qu'il avait été et celle de l'homme qu'il était devenu.

Ce qu'il ressentait avait-il quelque rapport avec ce qu'on appelait amour dans le monde inférieur? Devenu homme, le Bor était-il sensible à ce point?

Aimer signifiait-il éprouver une forte amitié pour un être du sexe opposé, une amitié qui ressemblait à celle qui unissait To-Hy-Kian et Maï-Kia-Dor?

Nadar ne comprenait pas très bien. Ce qu'il ressentait à l'égard de pha était très différent de ce que Maï-Kia-Dor éprouvait pour To-Hy-Kian, très différent aussi du sentiment qu'il connaissait pour le Vouh. Rien de comparable. Pha le troublait, le transformait, lui apportait une infinie tendresse, tandis que l'attirance du Bor pour le Vouh répondait davantage à une nécessité. Ce n'était pas la même forme d'amour...

Qu'il était donc difficile de saisir les subtilités de l'univers humain!

Lorsque Pha déposa sur sa joue un baiser furtif, Nadar se sentit devenir faible. Profondément troublé, il tourna la tête, s'écarta doucement de Pha et, sans prononcer une seule parole, se saisit de son arc et de ses flèches. Il devait également envisager la mauvaise rencontre. Mieux valait qu'il soit prêt à se défendre.

Sous les regards inquiets de Pha et de Kired, il s'éloigna.

CHAPITRE IX

Dans un crépuscule glauque rendu plus étrange encore par la brume, Nadar avançait, seul, se dirigeant vers l'édifice noir, l'unique édifice qui ne fût pas recouvert de mousses. Les constructions basses, alignées le long des ruelles, témoignaient d'une époque révolue. Il avait existé là une civilisation, une civilisation bâtie par des êtres qui possédaient des connaissances très étendues. Tout était proportionné à leur taille. Les Oumars, comme l'avait dit Kired, étaient très petits...

A quelles causes essentielles attribuer leur disparition ?

Pourquoi, après avoir répandu leurs bienfaits, s'étaient-ils retirés ?... Maladie ? Epidémie ?

Une guerre ?... Pourquoi pas une guerre ? Quel avait été le facteur déterminant de l'écroulement ?

Tout était possible. Le surmonde n'était-il pas menacé lui aussi ? N'existait-il pas, dans toute civilisation, fût-ce la plus parfaite, des germes de chaos ?

Nadar s'interrogeait, notant au fur et à mesure de sa progression les détails d'une architecture assez lourde mais qui, malgré les mousses et les lichens portant le poids des ans, ne manquait pas de charme. Nombreux étaient les bas-reliefs, les sculptures, les moulures qui décoraient les maisons aux toitures en coupole. Les pierres et les dalles qui formaient les rues étroites avaient elles-mêmes été travaillées et l'on devinait, sous la tapisserie verte qui les recouvrait, certains motifs géométriques, œuvres d'artistes qui demeureraient à jamais inconnus.

Mais la curiosité de l'endroit ne se limitait pas à la seule architecture ni à l'aspect général de la ville, ni à son environnement. La conception même de la cité tout entière avait de quoi étonner. Des groupes plus ou moins importants de maisons avaient été construits à des niveaux différents qui communiquaient entre eux par une infinité d'escaliers dont les plus longs ne comportaient qu'une dizaine de marches. Cette façon de concevoir une cité était-elle la conséquence d'un besoin ou n'était-elle qu'un exemple reflétant un certain sens de l'esthétique ?

Nadar se figea soudain, tous les sens en alerte. Un bruit furtif venait de troubler le silence de cette ville hors du monde, une sorte de choc mou, étouffé.

Pha et Kired avaient-ils quitté leur abri ?

Nadar rejeta cette hypothèse. Bien que n'ayant pas d'intentions belliqueuses, il choisit une flèche dans son carquois et la plaça sur son arc. Etranger en ce royaume, il redoutait de se laisser surprendre.

Lentement, il continua d'avancer tout en prenant garde au sol extrêmement glissant. Il songea que toute fuite, dans ces conditions, était impossible. Courir sur ce tapis végétal entraînerait irrémédiablement la chute.

Rien. Ni personne dans la lueur verdâtre omniprésente.

Le silence était revenu.

Avec précaution, Nadar descendit un petit escalier. A son approche, un gros lézard vert qui se confondait avec le décor se dressa, s'enfuit, alla trouver refuge dans une anfractuosité.

C'était peut-être un animal de ce genre qui avait produit le bruit un instant plus tôt?... Dans cet univers, il existait probablement une quantité de petites vies cachées, des animaux que la présence de Nadar dérangeait...

La cité ressemblait à un vaste jardin oublié que la pluie microscopique entretenait pour des fantômes. L'homme, ayant de nouveau descendu un escalier aux marches usées, emprunta une ruelle pareille aux précédentes. Le grand édifice ovoïde n'était plus très loin. Nadar jugea que son plus grand diamètre devait avoisiner les quinze lors. A n'en pas douter, cet édifice représentait l'endroit le plus important de la cité. Et si mystère il y avait, c'était là que le Bor devait le chercher.

Une seconde fois, un bruit fit sursauter Nadar qui se retourna vivement, arc tendu. Il crut, l'espace d'un éclair, voir une silhouette se dissimuler dans l'ombre. Vaguement inquiet, il revint sur ses pas, scruta les ténèbres, fouilla les recoins. Peine perdue. Le suiveur avait disparu.

Pourtant, Nadar en était persuadé, quelqu'un l'épiait! On l'épiait très certainement depuis qu'il avait pénétré dans la cité. Sans doute savait-on qu'il n'était pas seul...

Il hésita à poursuivre, eut envie de revenir auprès

de Pha et de Kired. Mais que risquaient-ils, au fond? Et puis, ils avaient des chevaux. S'ils se sentaient menacés, ils pouvaient fuir...

Nadar continua donc son chemin.

Une succession de ruelles l'amena bientôt devant la masse ovoïde qui symbolisait un peu le cœur de la cité. Nadar s'en approcha avec circonspection, ne remarqua aucune fenêtre dans le corps métallique du noir édifice. On aurait dit que ce dernier était fait d'une seule pièce. Œuf gigantesque, tronqué à sa base, il trônait au milieu d'une place de forme circulaire. C'était un curieux monument à la surface parfaitement lisse que le temps avait été incapable d'altérer. Nadar avança encore, s'approcha, toucha. Posant une main bien à plat sur le métal, il ne sentit rien de particulier, rien que le contact froid qu'aurait pu provoquer n'importe quel autre métal. Cependant, celui qui constituait l'édifice était noir...

Nadar était particulièrement sensible au contraste qui existait entre cet œuf de taille respectable et le reste de la cité. Il se refusait à voir en lui une quelconque création artistique. En revanche, son utilité lui échappait.

Il le contourna, découvrit une entrée découpée en arcade qu'aucune porte ne défendait.

⁂

A l'intérieur de l'œuf régnait toujours cette même luminosité verdâtre. Nadar y pénétra, trouva un couloir tout juste assez large pour que deux hommes puissent circuler de front sans toucher les parois ; un couloir qui décrivait une courbe, qui épousait la circonférence du moment. Nadar avança, baissant la tête pour ne pas heurter le plafond bas.

Les murs étaient également faits de métal noir. Comme le sol. Le Bor parcourut une trentaine de lors suivant l'arc de cercle que dessinait le boyau, puis découvrit sur sa droite un second couloir.

Il s'arrêta, indécis.

Où cela le mènerait-il ? N'y avait-il pas quelque danger à aller plus avant ? Si l'intérieur de l'œuf ressemblait à la cité, cela équivalait à se perdre dans un véritable dédale...

Pourtant Nadar se sentait attiré par une force dont il n'avait pas encore réellement conscience. Un invisible aimant exerçait sur lui son influence, l'obligeant presque à avancer.

Il s'engagea donc dans le second couloir, courbé, serrant son arc, marchant lentement.

D'autres voies se présentèrent sous la forme de galeries, certaines ne conduisant qu'à des culs-de-sac en forme d'alvéole. Nadar s'aperçut très vite qu'il risquait fort de ne pas retrouver son chemin, aussi voulut-il, avec une pointe de flèche, marquer son passage en gravant des chiffres dans les parois à chaque fois qu'il changerait de direction. Il lui suffirait, pour le retour, de lire les chiffres dans l'ordre décroissant...

Cependant, la pointe de la flèche ne griffa même pas le métal noir. Nadar en fut à la fois déçu et émerveillé. Une telle résistance, pour un métal, probablement obtenu grâce à de savants alliages, était à peine concevable. Cela prouvait néanmoins que les Oumars étaient détenteurs de secrets précieux.

L'homme dut adopter un autre système pour jalonner son passage. Il déposa une flèche en indiquant le sens de la progression. Il en déposerait une de la même façon à chaque intersection.

La galerie qu'il suivait descendait, semblait-il, dans les profondeurs du sol, accusant une pente assez douce qu'on ne remarquait pas immédiatement. Nadar songea que cette pente figurait parmi les indices qui lui permettraient de retrouver la sortie. Confiant, il n'hésita pas à obéir à cette impulsion qu'il croyait née de sa curiosité. Il bifurqua, s'enfonça dans un autre couloir dont la pente s'accentuait, et continua à descendre. L'air qu'il respirait était parfaitement sain. Quant à la température, elle était à peine plus élevée que celle de l'extérieur...

Déjà Nadar ne s'interrogeait plus sur l'utilité, sur la raison d'être d'un édifice dont les entrailles avaient été compliquées à dessein. Il répondait inconsciemment aux sollicitations d'une force qui se situait dans les profondeurs du sol, d'une force qui s'unissait à la partie la plus secrète du Bor, celle qui avait été l'un des composants de Maï-Kia-Dor. Le lien s'était établi à l'insu de Nadar et se transformait en intuition.

L'homme eut soudain un sursaut de frayeur. Un autre homme venait de surgir devant lui, à quelque trente pas. Nadar se jeta vivement en arrière, se plaqua contre un mur, banda son arc, prêt à se défendre.

Il ne se passa rien.

Tout était silencieux.

L'inconnu avait dû être aussi surpris que Nadar l'avait été.

L'attente commença. Lequel des deux s'adresserait à l'autre le premier ? Prise de contact agressive ou pacifique ?

Nadar était l'intrus. Ne devait-il pas, le premier, faire un geste d'amitié ? Déposer son arc, par exemple ?... Mais si l'autre en profitait pour l'attaquer ?

Nadar réfléchit. Il ne lui restait qu'une seule flèche. Il devait donc ne pas manquer sa cible... Déposer son arc ? C'était la solution pour rompre une attente qui risquait de devenir pénible. Au pire, le Bor serait capable de se défendre à mains nues. Depuis son combat avec Sorim, il avait acquis une certaine confiance en lui...

Doucement, il s'écarta du mur, déposa son arme.

Il avait à peine relevé la tête qu'il fut secoué d'un rire nerveux. L'homme qu'il avait aperçu n'était en fait que son propre reflet. Il venait de franchir le seuil d'une grande salle de forme dodécagonale dont chaque « mur », à l'instar du sol et du plafond, était un miroir noir, un miroir constitué par un rectangle de métal poli, glacé comme du marbre !

Nadar s'avança, impressionné, vit que chacun des miroirs renvoyait son image. Une salle vide, nue, éclairée par cette lumière verte venue de nulle part, une salle haute de cinq ou six lors dans laquelle cinq cents hommes auraient tenu debout.

Nadar marcha vers le centre, se retourna plusieurs fois comme s'il cherchait quelque chose de précis, s'arrêta.

A quoi servait cette salle ? Qu'avait-elle contenu ?

C'était là qu'il devait venir, il en était convaincu. Mais dans quel but ? Pourquoi son chemin s'arrêtait-il au milieu de tous ces miroirs couleur de nuit ? Qu'est-ce qui l'avait poussé à entrer dans cet œuf de métal dont le ventre cachait un labyrinthe qui se terminait de la sorte ?

Nadar éprouva une sensation inhabituelle qui, pourtant, ne lui était pas inconnue. Il eut le sentiment d'être plus fort, d'être libéré des contingences matérielles, d'être celui qu'il avait été... avant !

Mais cela était impossible. A lui seul, le Bor n'était pas, ne pouvait pas être Maï-Kia-Dor !

Que se passait-il, alors ? Pourquoi sentait-il monter en lui de nouvelles forces ? Ces miroirs étaient-ils responsables de cette soudaine lucidité de son esprit ?

Peut-être que...

Oui. Peut-être devait-il profiter de ces instants pour tenter d'entrer en contact avec le Vouh ! Il devinait qu'il y parviendrait. Il fallait qu'il pense à son Complément, qu'il le cherche au-delà du temps et de l'espace, dans les sphères éthérées de la pensée. Il en était désormais capable !

***

Son cœur se mit à battre plus fort. Ses mains tremblèrent. Ses lèvres frémirent. Ce à quoi il n'osait plus croire allait se produire grâce à cette force qui éclatait en lui. Mais il devait d'abord recouvrer son calme, vaincre son émotion, maîtriser sa pensée afin de la diriger convenablement. Avec quelques exercices respiratoires il effacerait cette nervosité qui menaçait la création du contact...

*
**

Lorsqu'il s'estima prêt, il se concentra. Sa pensée devait s'échapper du corps, s'élever pour rejoindre celle du Vouh.

Il y crut fortement jusqu'à ce que se dresse la barrière, l'infranchissable barrière liée à sa condition d'homme ! La briser demandait une énergie qu'il ne possédait pas.

Il n'était plus un Gofan...

Il allait abandonner, constatant son échec, quand il aperçut des formes mouvantes et colorées qui se dessinaient à la surface des miroirs.

Cela présentait-il quelque rapport avec sa tentative ?

Il recommença l'expérience sans attendre, parvint à se concentrer, remarqua que les formes jusque-là imprécises s'ordonnaient, créant des images encore floues mais qui devenaient de plus en plus nettes.

Nadar ne douta plus que sa pensée influençât ces curieuses projections. Il fournit un effort supplémentaire et vit...

Derrière des charrettes serrées les unes contre les autres, des hommes et des femmes organisaient leur défense contre une troupe de cavaliers qui effectuait une manœuvre d'encerclement. Des guerriers, montés sur des vrags, attaquaient ce qui était vraisemblablement une caravane. Des flèches volaient, atteignant leurs cibles respectives. Parmi ceux qui résistaient se trouvait une femme... Une femme aux cheveux couleur de miel, aux yeux aigue-marine... Une femme qui savait se servir merveilleusement de l'arc qu'elle tenait... Une femme...

— Sheena ! s'écria Nadar.

Un combat farouche. Du sable, du sang, de la poussière... Un homme auprès du Vouh. Un homme courageux et fort qui maniait l'épée avec beaucoup d'habileté...

— Sheena..., souffla Nadar.

Les miroirs redevinrent brusquement noirs et vides.

Le Bor, sans erreur possible, avait reconnu le Vouh. A un instant précis, un bref contact s'était établi entre les deux esprits complémentaires...

Mais où, quand cette scène projetée sur les miroirs avait-elle lieu ? En quel temps cela se passait-il ? Cela était-il en train de se produire ou s'agissait-il d'images surgies d'un passé proche grâce à la brève rencontre du Bor et du Vouh ?

Excité, aiguillé par ces forces qui tourbillonnaient autour de lui, Nadar voulut une fois de plus renouveler sa tentative. Il désirait en savoir davantage et souhaitait ardemment communiquer avec son Complément, avec Sheena. Cependant, il n'était pas maître des ondes qui chargeaient la salle aux miroirs. Celles-ci, ayant trouvé un support en la personne de Nadar, continuaient à le solliciter, augmentant progressivement leur puissance. De quelque manière, elles avaient « deviné » que l'homme cachait une origine qui le distinguait de ses semblables, et elles étaient prêtes à se soumettre à sa volonté...

Hélas ! Nadar ne parvenait pas à les dompter. Elles se révélaient beaucoup trop fortes pour lui, bien trop importantes. Il les repoussait maintenant avec toute son énergie, le visage moite, durement creusé par l'effort qu'il soutenait avec acharnement. Il tremblait de la tête aux pieds, le corps secoué de spasmes violents...

Fuir !

Il devait fuir cet endroit, quitter le labyrinthe, quitter la cité hors du monde !

Mais il demeurait pétrifié, sans pouvoir esquisser le moindre mouvement. Sa volonté paralysée ne lui permettait plus de faire un pas pour s'arracher aux mille tentacules invisibles. Il souffrait. Les ondes qu'il avait réveillées le torturaient, le sollicitaient sans cesse alors qu'il n'était pas en mesure de les diriger.

Mal...

Les miroirs se mirent à briller d'un insoutenable éclat. Une lumière extrêmement vive se concentra en nuage qui prit corps au beau milieu de la salle.

Nadar ferma les yeux.

Une douleur plus violente que les précédentes le foudroya.

Il s'écroula sans un cri.

Instantanément, les miroirs reprirent leur aspect primitif.

CHAPITRE X

Lentement, Nadar reprenait conscience, s'évadant d'un univers brumeux, tourmenté par les projections lumineuses qui se déformaient sans cesse. Le présent se mêlait au passé pour créer un monde qui n'appartenait à aucun temps.

Lorsque les derniers voiles du rêve se déchirèrent, Nadar ouvrit les yeux. Un nom, à peine murmuré, franchit ses lèvres.

— Sheena...

La mémoire lui revint d'un seul coup. Il se dressa sur un coude, s'empressa de se remettre sur pied en constatant qu'il n'était plus seul dans la salle aux miroirs. A trois pas de lui se tenait une bizarre créature à la peau squameuse, et dont la taille ne dépassait pas un lor et demi.

Muet, Nadar considéra le personnage avec beaucoup d'étonnement, nota son air craintif accentué peut-être par ce corps grêle et nu, un corps dépourvu d'organes sexuels apparents, un corps qui supportait une tête trop grosse, vaguement humaine...

Gros yeux proéminents à facettes, deux trous à la place du nez, deux renflements bleuâtres remplaçant les oreilles, une fente en guise de bouche... La bouche était couverte de minuscules écailles dorées qui luisaient faiblement.

C'était comme si le rêve se poursuivait. Pourtant, Nadar était bien éveillé. Il venait de reprendre ses sens dans la salle aux miroirs après être resté inconscient durant un temps impossible à déterminer. Il se trouvait à coup sûr devant l'un des « dieux » de la cité hors du monde, un de ces dieux dont avait parlé Kired...

Quelle attitude adopter ?

Ce fut le gnome qui apporta une solution.

— Je sais que tu ne viens pas en ennemi, Nadar, dit-il d'une voix extraordinairement grave, ce qui était assez surprenant pour un être aussi petit.

— Non... Je ne viens pas en ennemi...

Nadar allait poursuivre mais il réalisa avec quelque retard que le personnage s'était exprimé dans la langue des Gofans, ce qui porta son étonnement à la dimension supérieure.

— Que viens-tu chercher ici ?

— Tout... et rien, répondit Nadar. J'ai voulu savoir si la cité dont parle certaine légende existait bien... Voir si quelques représentants de cette civilisation vivaient encore. Car il y a eu ici des... des êtres qui connaissaient beaucoup de choses...

— En quoi cela peut-il t'intéresser ?

— J'ai besoin d'aide.

— D'aide ?... Tu es un dissocié, n'est-ce pas ?

— Oui. Mais comment sais-tu cela ?

— Mes facultés ne sont plus aussi vives qu'autrefois mais, en sondant ton cerveau, j'ai glané quelques renseignements... J'avais déjà compris en te voyant pénétrer à Céréluna... Céréluna est le nom de cette cité.

Le gnome passa sur ses « lèvres » sa langue bifide, semblant attendre les questions.

— Tu sais donc d'où je viens ?

— Bien sûr ! Nous connaissons depuis longtemps l'existence des Gofans et de leur surmonde. Nous nous sommes cependant contentés de les observer. Il y avait trop de différences entre nous pour qu'une prise de contact soit fructueuse... Et puis, il était déjà trop tard pour nous...

Nadar fronça les sourcils.

— Trop tard ? Que veux-tu dire ?

Le gnome soupira ; des lueurs ternes passèrent dans ses yeux à facettes.

— Notre race était presque entièrement détruite, répondit-il. Nos géniteurs ont beaucoup souffert, ont subi des épreuves atroces... Mais il faut que je t'explique, que je te raconte notre histoire depuis le début, du moins ce que j'en sais car, au fil des jours, nous avons oublié beaucoup de détails...

« Comme les Gofans, les Oumars viennent d'une autre planète. Il y a plus de mille dartas, ils quittèrent leur monde pour échapper à la mort. Un changement d'orbite allait réduire considérablement la distance séparant la planète de l'étoile tutélaire. Les Oumars ne pouvaient pas supporter les températures élevées, pas plus que la sécheresse... Ils s'élancèrent donc vers des mondes supposés accueillants, chaque vaisseau ayant sa propre destination... Car il n'entrait pas dans nos intentions de conquérir un monde en livrant bataille, mais de nous intégrer en demandant asile... En touchant le sol de cette planète, nos géniteurs lointains ont cru qu'ils étaient sauvés. Et ils le crurent très longtemps. Ils bâtirent Céréluna et y vécurent heureux. Le microclimat qu'ils avaient créé reconstituait notre milieu naturel... Peu à peu, des contacts furent pris avec différents peuples. Nous les avons aidés sans toutefois bousculer leurs traditions, leurs croyances. Du moins avons-nous essayé de ne pas les choquer... C'était en quelque sorte un devoir, un remerciement. Mais nous n'avons pas pu leur interdire de voir en nous des dieux... »

L'Oumar s'interrompit, observa un instant de silence comme s'il voulait mettre de l'ordre dans ses pensées. Et il poursuivit :

— Nous aurions pu faire tellement de choses ! dit-il sur le ton du regret sincère. Mais alors que notre civilisation retrouvait la prospérité de l'Origine, le mal vint nous frapper. Un mal dont nous ignorions la nature, et contre lequel nous fûmes incapables de lutter... Nous avions d'abord cru à la maladie, sans pour autant trouver le moindre remède ! De fait, le mal atteignait notre psychisme, nous déséquilibrait moralement, créait parmi nous d'invraisemblables divisions, chez nous qui avions toujours formé un peuple très uni... La plupart d'entre nous perdirent le goût de vivre. Sans raison apparente ! Des Oumars se suicidèrent par dizaines. D'autres, victimes d'un... blocage concentré dans leur système de reproduction, devinrent impuissants à procréer. D'autres encore devinrent fous. Nous fûmes de la sorte désorganisés... Nous vivions dans la crainte. Des groupes de fanatiques se constituaient, s'attaquaient, s'entre-tuaient ! Ce fut atroce !... Quelques-uns, cependant, considérés comme réfractaires, tentèrent de trouver l'origine du mal. Et il y parvinrent au prix d'efforts inouïs, s'accrochant à leurs recherches avec une volonté farouche. Certains d'entre eux rencontrèrent des Serks dont l'origine remontait à l'aube des temps. Ceux-ci avaient bâti une très brillante civilisation et étaient allés très loin dans le domaine des connaissances... Jusqu'à ce qu'ils s'écroulent, atteints du même mal !... Nous avons obtenu d'eux quelques indices, quelques renseignements supplémentaires. Le mal qui avait fait disparaître les Serks et qui décimait les Oumars portait un nom : les Wyx !

Nadar hocha la tête. Jamais il n'avait entendu prononcer ce nom.

— C'est celui que les Serks ont donné aux responsables de leur chute, enchaîna le gnome. Les Wyx ne sont pas des êtres matériels, mais des entités invisibles... Ce sont les premières forces de la planète. Et, bien qu'elles n'aient pas dépassé le stade primaire de l'état brut, elles sont incroyablement puissantes, très bien organisées, et d'une prodigieuse intelligence !... Pour des causes qui nous sont totalement inconnues, elles n'ont jamais pu évoluer, c'est-à-dire muter, se transformer, se concrétiser, trouver un support matériel... Elles haïssent de ce fait tout ce qui est créé et principalement tout ce qui représente matériellement l'intelligence, autrement dit les civilisations !... Plus un peuple est évolué, plus il est menacé, car les Wyx s'attaquent à ce qui leur semble le plus dangereux, le plus important. Ils veulent rester les premiers !... Ils opèrent toujours de la même façon : ils s'installent dans l'esprit des êtres, volent leur personnalité ou leur suggèrent les idées les plus dangereuses pour l'équilibre du peuple. Inlassablement, ils poursuivent leur travail de sape, visant d'abord les plus faibles, les plus réceptifs, et également les responsables de toute société organisée !...

Avec un air parfaitement ahuri, Nadar s'approcha du gnome.

Comment croire à une pareille histoire ?

Ces forces invisibles, ces Wyx, existaient-ils ailleurs que dans l'imagination de l'Oumar ?

— Je sais qu'il t'est difficile de croire à cela, déclara ce dernier, mais telle est la vérité. S'ils étaient encore de ce monde, les Serks l'affirmeraient également... Les Gofans eux-mêmes l'affirmeront un jour, car il est hors de doute qu'ils sont déjà... contaminés !

Toujours muet, Nadar frissonna. Les déclarations de l'Oumar expliquaient bien des énigmes, bien des invraisemblances ! Les Wyx étaient responsables de la désorganisation des Gofans ! Un mal qui, de jour en jour, ne ferait qu'empirer !

A présent, Nadar ne pouvait nier. Dans une certaine mesure, n'était-il pas lui-même une victime des Wyx ? N'était-ce pas sous l'influence de ces derniers que les dirigeants du surmonde, Rah-No-Lor à leur tête, avaient bouleversé les lois, multiplié les injustices, abusé de la dissociation ?

Pourtant, le phénomène lui paraissait aberrant.

Le surmonde détruit ?... Nadar parvenait à peine à le concevoir.

— Ecoute, euh...

— Mon nom est Bhotaar...

— Ecoute, Bhotaar, le surmonde est très puissant et...

Le gnome l'interrompit d'un geste de la main.

— Je sais, Nadar, je sais... Céréluna l'a été aussi. Cela n'a rien empêché. On ne lutte pas contre les Wyx avec des armes ! Ces forces ne connaissent qu'une finalité : détruire tout ce qui ne leur ressemble pas et régner seules sur Kouros ! Jamais elles ne supporteront que d'autres créatures s'emparent de leur espace !... Elles se nomment elles-mêmes Filles de l'Ordre Cosmique... C'est du moins par cet équivalent que nous avons traduit leurs impulsions...

— Les Oumars ont donc pu communiquer avec les Wyx ?

— Oui. Une seule fois... Ce fut un contact très bref, un message, presque un ultimatum. Nous avons compris ceci : « Nous sommes les maîtres/maîtresses de ce monde, les Filles de l'Ordre Cosmique, et nous dominerons éternellement... » Crois-moi, Nadar, il n'y a pas de parade à leur attaque ! Aucune arme ne saurait les atteindre !

— Parce que l'on connaît toujours trop tard leur action ! répliqua Nadar. Mais si l'on réagit dès le départ...

— Qui sait quand a lieu le départ !... De toute façon, il est déjà trop tard pour le surmonde !... Et qui préviendrait les Gofans ?... Toi ? Un homme ? Un Bor ? Un dissocié ?... Que t'arriverait-il si tu retournais à Aar ? Si tu te faisais prendre ?

Nadar eut un geste d'agacement, se mit à marcher.

— Il doit bien y avoir un moyen ! fit-il en serrant les poings. Les Wyx ne sont pas invincibles ! Leur organisation, comme toute organisation, doit cacher des faiblesses !

— J'admets l'hypothèse, concéda Bhotaar. Mais comment trouver la faille alors que nous ignorons tout de nos ennemis ?

— Je persiste à croire que les Gofans seraient de taille à combattre, dit Nadar. Leur force mentale est telle que...

— Ne va pas plus loin !... Les Serks ont disparu. Pourtant, ils commandaient à la matière et parvenaient à voyager dans le temps par la pensée !... Quant à nous, nous disposons de pouvoirs similaires grâce à cette salle que nous appelons le Vr'o... Ces miroirs noirs, constitués par un métal extrêmement dense, ont la propriété de multiplier quatorze fois la force de notre pensée. Grâce à eux, nous communiquions jadis avec n'importe quel Oumar se trouvant en n'importe quel endroit de la planète. De plus, nous étions capables de visualiser ou de projeter très loin certaines images, certaines scènes du passé ou du présent !...

— Et... vous n'utilisez plus ce... Vr'o ?

— Il y a bien longtemps !... Nous maîtrisons difficilement les forces qui imprègnent le métal... D'ailleurs, tu as fait ta propre expérience... Au cours des générations, les Oumars ont perdu beaucoup de leurs facultés. Et du combat contre les Wyx, ils sont sortis très affaiblis... Je n'ai pas connu cela car je suis trop... jeune. Notre histoire s'est cependant transmise, et je la connais comme si j'y avais participé... Maintenant, nous sommes peu nombreux. Quelques dizaines. Et les naissances sont excessivement rares... Bientôt, ce sera l'extinction totale !

— Tous les Oumars ont abandonné la lutte ?

— Tous !... Il n'y a rien à faire. Nous sommes lucides... Tout a été tenté !

— Je ne demeurerai pas les bras croisés ! dit Nadar avec fermeté.

— Et que feras-tu, ami ? Les Wyx possèdent sur nous une incontestable supériorité. On ne se bat pas contre des dieux !

— Ah non ! Pas ce mot !

— Il convient pourtant parfaitement !

— Je refuse de croire en l'invincibilité de ces forces, qu'elles soient ou non... Filles de l'Ordre Cosmique ! Il faut reprendre la lutte, Bhotaar !

— Tu es fou, homme !... Mais je comprends ton sentiment. Il est difficile, voire impossible, d'admettre une telle domination lorsque l'on a conscience d'avoir atteint un sommet dans la perfection... Crois-tu que les Serks n'aient pas réagi comme tu le fais présentement ? Crois-tu que les Oumars soient restés les bras croisés ?... Regarde nos civilisations ! Qu'en reste-t-il ?

Bhotaar marqua une pause puis ajouta :

— S'il existait un moyen, une seule solution, le plus petit espoir, je t'aiderais, et tous les miens également. Hélas ! Nous avons oublié le stade de l'espérance. Toutes nos tentatives ont échoué. Nous avons dû renoncer.

— Végéter, ce n'est pas vivre, répliqua Nadar.

Bhotaar ne répondit pas.

— Je trouverai une solution ! déclara le Gofan.

— Trouve-la et je t'aiderai !... Mais réfléchis

bien, Nadar. Le travail de destruction sera long, bien plus long que la vie de l'homme que tu es devenu. Cette vie, il te faut la mener le mieux possible... Cherche ton Complément. En cela je puis t'être utile. Nous allons le chercher ensemble, grâce à ces miroirs. Vous pourrez communiquer, aller à la rencontre l'un de l'autre... Puis, lorsque vous vous serez retrouvés, lorsque le Bor et le Vouh seront de nouveau unis dans un couple, vous vous installerez sur la terre de votre choix... Vivez cachés, et soyez heureux. Oubliez le surmonde. Allez où bon vous semblera. Le continent est vaste...

Les yeux aigue-marine de Nadar brillèrent tout à coup.

— C'est vrai ?... Tu peux m'aider à retrouver Sheena ?

— Je le peux... si tu me laisses le temps de réapprendre à contrôler les forces du Vr'o. Quelques jours suffiront, je pense...

— Bhotaar, je...

— Ne dis rien, ami. Ne dis rien... Ne bouge pas d'ici et réfléchis bien. Pendant ce temps, je vais aller chercher tes compagnons qui sont restés à l'entrée de la cité...

— Ah ? Tu sais... ?

— Je vous ai vus approcher...

— C'était donc toi qui me suivais ?

— Oui. Et j'ai failli me laisser surprendre. Tu as l'ouïe fine !... Allons ! Réfléchis ! Ne te tourne pas vers le passé mais vers l'avenir. Il n'y a plus de Serks, plus d'Oumars, plus de Gofans, plus de Wyx... Il y a seulement un homme nommé Nadar et une femme nommée Sheena...

CHAPITRE XI

Ce n'était pas sans éprouver une profonde inquiétude que Pha et Kired avaient vu partir Nadar. Cette étrange cité, le cœur de l'endroit hors du monde, était pour eux le symbole de l'interdit. La luminescence verdâtre, omniprésente, la tapisserie végétale des mousses et des lichens, la bruine créaient une atmosphère particulièrement envoûtante.

— Tu crois qu'il reviendra ? avait demandé Pha à son frère.

— Un dieu ne craint pas d'autres dieux, avait répondu Kired. Même s'il n'est qu'un homme, comme il le prétend, j'ai confiance en lui. Il reviendra...

A l'entendre, on aurait pu croire qu'il en était absolument convaincu. Il avait répondu avec assurance pour éviter de prolonger la conversation.

Après ce bref échange de paroles, Kired avait attaché les chevaux et, avec Pha, était allé chercher abri dans l'une des maisons basses. Une longue attente avait commencé, pétrie de silence et de vide...

***

Dans la pièce où ils se trouvaient, le temps avait jeté son dévolu, ternissant une foule d'objets curieux, gardiens immobiles, fantômes noircis, énigmatiques dans la luminescence glauque. Quelques meubles vides, aux formes adaptées au type d'habitation, avaient résisté au poids des ans ; des meubles construits avec un matériau synthétique de couleur ocre.

Pha et Kired ne parlaient pas. Pour tromper le malaise de l'attente, ils essayaient d'imaginer ceux qui avaient vécu dans ce décor, de découvrir l'utilisation de tel ou tel objet. Ils se lançaient parfois un regard qui traduisait leurs sentiments. Leur calme apparent cachait une tempête intérieure faite de questions, d'appréhensions, de peur...

Nadar était parti depuis longtemps déjà. Jusqu'où était-il allé ? Qu'avait-il découvert ? Que lui était-il arrivé ? Avait-il réveillé les dieux de la cité ?

Pourquoi ne revenait-il pas ?

Kired songea qu'il faudrait peut-être retourner au village sans avoir revu Nadar. Mais il se fit violence. Non. Il ne partirait pas ! Il attendrait encore, avec Pha, car il ne se sentait pas véritablement menacé. Dans les sacs, il y avait encore de la nourriture pour quelques jours...

De son côté, Pha inventait des prétextes pour expliquer la longue absence de Nadar. Elle désirait avant tout se rassurer, se persuader du retour imminent de l'homme au contact duquel elle s'était sentie devenir femme.

« Il reviendra, pensa-t-elle. Je suis sûre qu'il reviendra. »

Les mêmes mots tournaient dans son esprit. Elle n'en voulait pas d'autres. Bientôt, Nadar serait auprès d'elle...

Soudain, brisant le silence, les chevaux hennirent. Kired et Pha sursautèrent, se tournant l'un vers l'autre.

— Tu as entendu ? demanda Pha.

— Ce sont les chevaux... Nadar revient !

Kired se précipita vers la porte, sortit, poussa un cri de saisissement en voyant, à deux pas de lui, un gnome à la peau couverte d'écailles, aux gros yeux à facettes.

Il recula, pénétra dans la maison, prit Pha dans ses bras. Là, sur le seuil, se tenait le dieu, un de ces dieux dont parlait l'histoire...

— N'ayez pas peur, dit Bhotaar de sa voix grave, je ne vous veux aucun mal. Votre ami est devenu le mien, et je viens vous chercher pour vous conduire à lui...

L'Oumar s'était exprimé dans la langue en usage dans les Pays de Rhaül. Kired avala sa salive, demanda :

— Il... il vit ?

— Bien sûr qu'il vit ! répondit Bhotaar. Allons, n'ayez pas peur ! Je sais que... mon aspect a de quoi vous surprendre, mais nous avons la forme que nous a donnée la nature... Venez !

Kired et Pha, toujours dans les bras l'un de l'autre, ne bougèrent pas, trop impressionnés par la présence de l'Oumar. Jamais ils n'auraient cru voir un dieu d'aussi près !

— Allons, venez ! invita Bhotaar pour la seconde fois.

Quelques instants d'indécision flottèrent. Des instants que le gnome supporta avec patience, comprenant très bien le motif qui justifiait l'attitude des deux jeunes gens.

— Peut-être préférez-vous repartir ? demanda-t-il.

— Non ! s'empressa de répondre Pha. Je veux... nous voulons voir Nadar !

— Il vous attend, conclut le gnome. Suivez-moi...

⁂

Dès leur arrivée dans la salle aux miroirs, Pha et Kired coururent vers Nadar. La jeune fille pressa fortement les mains de l'homme, geste qui traduisait, mieux que les mots, le soulagement qu'elle éprouvait. Nadar connut une nouvelle fois le trouble mais ne se laissa pas emporter par lui. Ayant rapidement analysé la situation, il se dit que le moment était venu de prendre une décision.

— Ecoute, Pha... Toi aussi, Kired... Ma vie a pris ici un autre sens. Je crois avoir trouvé à Céréluna, c'est le nom de cette cité, ce que je cherche. C'est pourquoi je vais y séjourner quelque temps... A vous de choisir si vous désirez partir ou rester...

— Tu vas demeurer ici ? interrogea Pha avec angoisse.

— Oui, répondit Nadar. Je dois parler longuement avec Bhotaar.

— Parler de quoi ?

— De sa civilisation, de la mienne...

— Pourquoi ?

Nadar différa sa réponse. Expliquer par le menu

ce qui s'était déroulé depuis la chute de l'empire serk n'était guère aisé.

— Nous devons échanger des connaissances, dit-il doucement, chercher les causes de la disparition des Oumars et des Serks… Bhotaar possède des renseignements qui m'aideront beaucoup dans ma mission…

— Et après, reviendras-tu au village ?

— Dans un jour lointain, peut-être…

Pha parut réfléchir. Elle baissa les yeux puis les releva, dévisagea un instant Nadar.

— Je reste, décida-t-elle. Je reste avec toi !

— Moi aussi ! fit Kired sans marquer la moindre hésitation. Je crois… je crois que nous serons bien avec vous…

— Vous êtes les bienvenus à Céréluna, intervint Bhotaar. Seulement, notre ami Nadar quittera peut-être la cité plus tôt qu'il ne le pense. Ce que nous avons à dire sur le sujet qui nous préoccupe sera assez bref…

Le gnome, délibérément, abandonna la langue du Pays de Rhaül pour employer celle du surmonde. Il ne le fit pas par indélicatesse vis-à-vis de Pha et de Kired, mais par souci de leur éviter un choc trop grand en révélant certaines vérités.

— Alors ? As-tu réfléchi ?

— J'ai réfléchi, répondit Nadar.

Puis-je connaître ta conclusion ?

— Mon idée n'a pas changé : je n'accepte pas la domination des Wyx ! Je suis décidé à faire tout ce qui est en mon pouvoir pour sauver le surmonde !

— Tu n'as rien compris, soupira Bhotaar.

— C'est toi qui n'as rien compris !... Veux-tu m'aider ?

— Je te l'ai déjà proposé. Mais tout dépend de ce que tu veux entreprendre !

Nadar fit quelques pas pour calmer son énervement.

— Seul, je ne peux rien faire, dit-il. Avec d'autres Gofans dissociés, le problème serait différent. Or, ceux-ci errent de par le monde, à la recherche de leur Complément... Rassemblons-les ici, à Céréluna ! Cela est-il possible ?

— A plus ou moins brève échéance, c'est possible, répondit Bhotaar. Le Vr'o nous permettra d'entrer en contact avec tous les dissociés... Mais après ?

— Après ?... Nous aviserons ! Nous étudierons ensemble ce qu'il convient de faire.

L'Oumar secoua la tête en signe de désapprobation. Nadar avait trop d'imagination, était trop sûr de lui.

— Autrement dit, tu te lances les yeux fermés dans l'aventure...

— Les Gofans possèdent des facultés extraordinaires, Bhothaar ! Mais celles-ci disparaissent avec la dissociation. Regroupons les dissociés et ces facultés nous reviendront peut-être !... Elles doivent revenir ! C'est certainement pour cela que les dirigeants du surmonde ont décidé que le Bor et le Vouh seraient toujours matérialisés en deux points très différents du continent !

— Déduction logique, admit Bhotaar, mais ce n'est tout de même qu'une hypothèse... Cependant, soyons optimistes et considérons celle-ci comme étant la réalité. En se regroupant, les Gofans recouvrent leurs facultés... Qu'auras-tu gagné ?

— Un premier grand pas sera fait, Bhotaar ! Les Gofans seront forts comme par le passé, et donc en mesure de lutter contre les Wyx !

Le gnome eut l'air désolé.

— Tu es vraiment décidé à engager le combat ?... Aurais-tu oublié ta condition d'homme ?

— Je ne suis pas simplement un homme, Bhotaar ! Je suis le Bor de Maï-Kia-Dor ! J'ai été Maï-Kia-Dor !... Ce combat, je le veux ! Je sens que nous pouvons nous mesurer aux Wyx !

Pour la première fois, Nadar entendit rire son nouvel ami. Un rire assez désagréable qui ressemblait plus à un borborygme. Rire de dépit qui fit frémir Pha. Raillerie...

— Si tu as perdu la plupart de tes facultés, il te reste au moins la fierté du peuple du surmonde, persifla Bhotaar. Cette fierté qui fait croire aux Gofans qu'ils ont atteint le sommet le plus élevé de toutes les civilisations galactiques ! Cette fierté qui leur fait croire qu'ils sont supérieurs à tous les autres peuples !... Vanité ! Ils ont appelé leur territoire « le surmonde » pour distinguer des mondes qu'ils qualifient d'inférieurs !

Nadar haussa les sourcils.

— Pourquoi es-tu aussi dur ?

— Je ne fais que dire la vérité !... Tu veux lutter contre les Wyx ? Fort bien !... Crois-tu réussir là où les Serks et les Oumars ont échoué ? Penses-tu donc leur être à ce point supérieur ?

— Je ne te suis pas supérieur, Bhotaar. La preuve : j'ai besoin de toi !

— Tu n'es plus un vrai Gofan !

— Je ne suis pas non plus un homme comme les autres ! Je suis avant tout un Bor !... Toi-même, tu n'es plus exactement un Oumar !... Pourquoi ne pas lutter ? Qu'as-tu à perdre ?... En tout cas, moi, je veux essayer, même si je cours droit à l'échec ! Je préfère tout tenter plutôt que de rester passif !... Rassemblons les dissociés !

Entre l'Oumar et le Gofan le silence tomba. Kired et Pha qui, sans comprendre un traitre mot, avaient assisté à la conversation, attendaient une explication qui ne venait pas. L'un et l'autre, au ton employé, avaient néanmoins saisi que les deux amis n'étaient pas d'accord. Et cette conversation devait être bien importante...

— Pourquoi ne pas essayer ? insista Nadar.

Le gnome baissa la tête.

— Entreprendre une telle chose est un acte insensé, dit-il avec un ton monocorde sur lequel se greffait la tristesse. Nos géniteurs ont tellement souffert... Et puis, je ne suis pas seul à Céréluna ! Il faudra convaincre tous les autres !

— Fais-le !

— Avec quels arguments ?... La parole est aisée, Nadar. L'acte est plus difficile !

— C'est une alliance que je te propose ! Celle de nos deux peuples !

— Deux peuples ?... Une poignée de dissociés et quelques Oumars diminués ! Tu appelles ça deux peuples ?

— Ne jouons pas sur les mots, Bhotaar !... Je comprends que tu ne sois pas enthousiaste à l'idée de t'attaquer aux Wyx, mais je te rappelle que tu n'as rien à perdre !

— Rien à gagner non plus !

— Cela, tu l'ignores !

— Ta fierté de Gofan t'aveugle. Je sais ce qui s'est passé ! Je sais aussi ce qu'étaient les moyens des Serks et des Oumars !

Nouveau flottement.

Sur un ton plus amène, Nadar reprit :

— Accepte au moins de m'aider jusqu'à ce que les Gofans dissociés soient réunis... Accepte, Bhotaar ! Nous avons une petite chance ! Cette fois, nous attaquerons les premiers !... D'après ce que tu m'as raconté, les Wyx se sont introduits chez les Serks puis chez les Oumars, ce qui donnerait à penser qu'ils sont incapables de s'en prendre à deux peuples en même temps. De plus, ils ont usé de leurs pouvoirs à l'insu de leurs victimes et les ont ainsi affaiblies... Si tu veux mon avis, les réactions sont venues trop tard, beaucoup trop tard !... En ce qui nous concerne, le problème est faussé. Nous connaissons l'existence des Wyx ! Nous savons qu'ils sont installés dans le surmonde. Eux, en revanche, ignorent, du moins je le présume, ce que nous préparons... Ensemble, nous allons nous créer un potentiel psychique qui va s'opposer à celui des Wyx !... Vous, les Oumars, savez comment ces derniers procèdent. Il est donc de la plus haute importance de déterminer dès à présent les parades. Le combat sera équilibré !

Bhotaar fixa curieusement Nadar. Ses yeux à facettes brillèrent. Un déclic venait de se produire.

— Nadar !... Ce que tu dis me bouleverse. Tu as

raison ! Cette fois, la force que nous allons opposer sera homogène ! Voilà la différence !... Lorsqu'ils ont eu conscience de la présence des Wyx, les Serks et les Oumars étaient déjà conquis ! Il était trop tard !... Nadar ! Je n'ose croire que...

— Il faut croire, ami, dit Nadar en souriant. Va trouver les tiens ! Explique-leur la situation. Dis-leur bien que tout es possible !

— Je les verrai, déclara Bhotaar. Je les verrai... Mais auparavant, je veux vous emmener chez moi. Je dispose de beaucoup de place... Et je suppose que vous devez avoir faim... Venez !... Venez !

L'Oumar était surexcité. Nadar, amusé, traduisit ses dernières paroles à l'intention de Pha et de Kired qui, un moment inquiet par la tournure qu'avait prise la conversation, étaient maintenant rassérénés. Ils se demandaient pourtant de quoi il avait pu être question. Sans doute leur fournirait-on un peu plus tard quelques explications...

— Venez ! Venez ! dit Bothaar. Ah oui ! C'est possible !... C'est possible !

— Tout dépend de la préparation, fit Nadar. Nous bénéficierons en outre de l'effet de surprise car les Wyx ne doivent plus guère se préoccuper de l'existence des Oumars ! Quant aux dissociés, c'est comme s'ils étaient définitivement rayés du nombre des vivants !

— Oui, oui... C'est cela, c'est cela...

Bhotaar recouvra tout son calme quand, précédant ses amis, il sortit du labyrinthe. L'idée de Nadar lui plaisait. Le raisonnement tenait. Depuis qu'il était né, l'Oumar trouvait un moyen de lutter contre ses ennemis !

Le gnome s'arrêta dans le crépuscule glauque, prit une forte inspiration, embrassa d'un regard toute la cité, la vit avec des yeux neufs.

Il lui semblait que tout avait changé, que tout ce qui jadis avait été riant avant de mourir allait renaître...

— Tu vivras, Céréluna, murmura-t-il pour lui-même.

CHAPITRE XII

Dans l'orgueilleuse cité d'Aar, comme dans tout le surmonde, la vie des Gofans se transformait...

En mal.

L'incompréhension était rapidement devenue méfiance, nourrissant une atmosphère de malaise. Le surmonde était frappé au cœur. Quelque chose d'indéterminé, de sournois, s'était installé au sein du peuple gofan, désorganisant les uns en bousculant les traditions, les lois les plus anciennes, troublant profondément les autres.

Le Gofan se méfiait du Gofan. On craignait les dénonciations, aussi dressait-on en permanence un barrage mental, ce qui, au bout de quelques noras, occasionnait une grande fatigue.

Rien n'était plus comme avant. Le passé était mort. Chaque Gofan avait conscience d'une coupure mais ne savait pas où situer exactement celle-ci.

Image vivante de ces temps obscurs : Rah-No-Lor, le Grand Dirigeant. Avec les autres Suprêmes, et aidé par la plupart des Gofans qui détenaient des postes clés, il entraînait le surmonde à sa perte. En bouleversant les lois, il reniait Maar-Ga, la planète originelle...

Drapé dans sa toge de couleur or, emblème des Suprêmes, To-Hy-Kian méditait, tentait de mettre de l'ordre dans ses idées et de clarifier une situation qui, à l'inverse, devenait de plus en plus embrouillée. Ce soir, dans son luxueux appartement situé sous le dôme de l'un des plus remarquables édifices de la cité, il attendait son principal allié : Nog-Er-Som, collaborateur de Sol-Eb-Nan, le chef des laboratoires d'Etat.

Des contacts devaient être pris avec d'autres Gofans opposés au gouvernement, afin de mettre sur pied un groupe qui serait chargé, à plus ou moins brève échéance, d'organiser un mouvement de révolte. Tâche ô combien dangereuse et difficile ! Avant toute action, il convenait de connaître la force des uns et des autres. Ce serait un long travail, mais To-Hy-Kian et Nog-Er-Som, comme tous ceux qui les suivaient dans cette voie, ne s'étaient imposé aucune limite dans le temps.

Quand il entendit le son caractéristique du visionneur, To-Hy-Kian poussa un soupir. Il se précipita vers l'appareil, reconnut sur l'écran le visage de Nor-Er-Som, commanda l'ouverture du panneau d'accès de l'appartement.

— Alors ?

— Les résultats sont encourageants, dit Nog-Er-Som en passant une main sur son crâne chauve, ce qui indiquait chez lui une certaine fatigue. Nous avons mis de notre côté huit Gofans, dont deux chefs de secteur, ce qui porte à vingt-cinq le nombre des membres de notre organisation. . Tous sont sûrs ! Ils ont gardé toute leur lucidité, toutes leurs facultés...

To-Hy-Kian apprécia d'un léger signe de tête. Il s'agissait effectivement d'un résultat encourageant mais celui-ci était loin d'être suffisant.

— Combien travaillent pour nous au laboratoire principal ?

— Hum ! Deux seulement, répondit Nog-Er-Som. Al-Gar-Guir et moi...

— C'est trop peu... Il faudrait multiplier ce nombre par dix ! Le laboratoire est un centre d'une importance capitale !

— Je ne l'ignore pas... Aurais-tu quelque projet à ce niveau ?

— Oh ! rien de précis pour le moment. Cependant, lorsque nous aurons décidé de passer à l'action, l'occupation immédiate du laboratoire principal représentera pour nous un avantage incontestable ! D'où la nécessité d'augmenter le nombre de nos alliés dans ce domaine...

— En effet, mais cela sera difficile ! Nous nous heurtons aux barrages mentaux. Aucun Gofan ne se livre...

— Evidemment ! La moindre idée est devenue dangereuse... Le Grand Dirigeant lui-même, par rapport à sa logique, me semble parfois bizarre. Il lui arrive de se contredire dans un même exposé... et cela l'inquiète beaucoup !

— A-t-il envisagé la possibilité d'une rébellion, d'une action de masse ?

— Non ! C'est moi qui lui ai fait part de mes... craintes ! Je lui ai suggéré de faire surveiller tous ceux qui disposent de charges importantes, insinuant que ceux-ci pourraient bien profiter de la situation pour s'emparer du pouvoir !... Il a paru assez surpris que cette idée vienne de moi, mais il a approuvé !

— Excellent ! Et en même temps, tu détournes les soupçons !

— Et j'obtiens des confidences, compléta To-Hy-Kian. Je sais que Rah-No-Lor rêve du pouvoir personnel et qu'il projette de conquérir tout le continent !

— Conquérir ? fit Nog-Er-Som.

— Tu as bien entendu... Si nous voulons sauver le surmonde, nous ne devons pas compter nos instants de travail. Si nous échouons, Rah-No-Lor deviendra le maître incontesté de Kouros et ce sera le retour à la sauvagerie...

Nog-Er-Som se plongea dans de secrètes pensées, imaginant toutes les scènes d'un sombre devenir.

— Insensé ! murmura-t-il. Je crains que ce ne soit bientôt la fin...

— Non ! objecta To-Hy-Kian. Restons optimistes. Nous sommes capables de réussir à condition de le vouloir vraiment ! Rah-No-Lor n'est pas infaillible ! Ses erreurs, désormais, ne se comptent plus... Nous, par contre, nous demeurons lucides, unis ! Il suffit que nous soyons assez forts pour nous organiser !

— Et si nous n'étions que quelques-uns à réagir ?

— Dans ce cas, il importerait d'avoir recours à la solution extrême : reprendre la route de l'espace !

— Fuir ?... Fuir Kouros ?

— Oui, répondit fermement le Suprême. Fuir Kouros !

Son visage devint grave. Il y avait dans son

expression une certaine émotion qui n'échappait pas au regard inquisiteur de Nog-Er-Som. Celui-ci devenait que son ami avait découvert des éléments importants qui concernaient la situation, mais il ne posa aucune question. Il se contenta d'attendre les confidences.

To-Hy-Kian hésitait.

Devait-il parler ou, au contraire, garder le secret ?

Il y avait huit jours qu'il se taisait ! Huit jours qu'il vivait avec cette idée qui le tourmentait !

Il se souvenait... C'était juste après le très bref contact qu'il avait eu avec le Bor de Maï-Kia-Dor, alors qu'il tentait de prolonger la communion psychique. Son esprit avait accroché une autre forme de pensée ! Une forme de pensée qui n'avait rien de commun avec celle des animaux ou avec celles des autres peuples de Kouros ! Un échange mental, fulgurant comme l'éclair, s'était établi, laissant à To-Hy-Kian une étrange impression. Il avait ressenti une très vive douleur, comme une brûlure, et avait eu en même temps la conviction d'avoir touché à un domaine interdit.

Parler ? Oui. Mais quelles preuves apporterait-il Cette forme de pensée, extraordinairement puissante, bien plus puissante que celle des Gofans, à qui appartenait-elle ? A quelles créatures ?

D'abord, To-Hy-Kian s'était contenté de nier, se répétant qu'il était impossible qu'une telle forme de pensée existât. Il avait songé que le choc qu'il avait reçu avait été produit par le contact de son esprit avec celui d'un télépathe-espion. Puis il avait rejeté cette hypothèse. Ce qu'il avait ressenti prouvait qu'il existait à la surface de Kouros une pensée plus puissante. De là à établir qu'elle n'était pas étrangère à ce qui se passait dans le surmonde, il n'y avait qu'un pas. Et ce pas, To-Hy-Kian n'avait pas hésité à le franchir.

Il supposait maintenant que cette force particulière s'exerçait sur l'esprit des Gofans, les amenant ainsi à se désorganiser. Un combat s'était donc engagé. Mais quel en était l'enjeu ? Comment se défendre ? Qui était l'ennemi ?

Pourquoi To-Hy-Kian en était-il venu également à penser quitter Kouros ? Avait-il été, en quelque sorte, suggestionné ?

Il émergea du flot de ses réflexions, se rendit compte brusquement qu'il était resté longuement silencieux et que Nog-Er-Som le regardait avec insistance.

— Excuse-moi, dit-il, quelque peu embarrassé.

Il marqua une pause et reprit :

— J'avoue que je suis inquiet, Nog-Er-Som... Très inquiet.

— Tous ceux qui demeurent lucides le sont, To-Hy-Kian !

— Certes !... Ils ne connaissent cependant qu'un aspect de la situation !

— Un aspect ?... Que veux-tu dire ?

Le Suprême eut une dernière hésitation avant de répondre.

— Je crains que ce qui se passe actuellement dans le surmonde ne soit pas simplement le fait des tenants des postes les plus importants. Il y a... autre chose !

Nog-Er-Som afficha une mine perplexe. Son

regard erra un instant dans la pièce pour revenir se poser sur le visage de To-Hy-Kian.

— Autre chose ? interrogea-t-il. Je ne comprends pas...

To-Hy-Kian ne savait comment aborder le problème qui le tourmentait. Il hésita encore puis se décida, considérant que partager le secret rendrait sa tâche moins lourde.

— Tu as remarqué comme moi cette... disons cette folie qui s'empare de la majorité des Gofans, folie qui épargne malgré tout quelques-uns d'entre nous... Cette folie qui les dresse les uns contre les autres, qui les démobilise...

Nog-Er-Som ne répondit pas, attendant la suite.

— Oui, bien sûr ! poursuivit To-Hy-Kian. Question : crois-tu que l'attitude des Gofans corresponde à une réaction face aux nouvelles lois que l'on édicte ?

— On pourrait en effet le supposer... Nous avons toujours été parfaitement unis, très bien organisés. Un changement trop rapide a pu avoir les conséquences que l'on connaît...

— C'est évidemment la première explication qui vient à l'esprit, répliqua le Suprême. Pour ma part, je suis allé un peu plus loin. J'ai pensé qu'il pouvait s'agir d'une maladie... Des germes, des bactéries, des facteurs d'origine inconnue auraient été susceptibles de jouer un rôle déterminant et d'engendrer un bon nombre de dérèglements dans le système nerveux !

— Une maladie ! s'exclama Nog-Er-Som. Un virus, un bacille... Oui, pourquoi pas après tout ?

Nous pouvons effectuer des tests en laboratoire et, à partir de là, entreprendre des recherches...

— Inutile. Il ne s'agit pas d'une maladie!... Je n'ai évoqué cette possibilité que pour que tu comprennes mieux ce que j'ai à te dire. Pour que tu saisisses d'emblée le rapport étroit qui existe entre l'hypothèse de la maladie et la réalité! Car la démarche est la même... Nous sommes victimes d'une attaque venue de l'extérieur!

Le front de Nog-Er-Som se plissa.

— Une attaque de... l'extérieur?

— Une attaque, oui! Et celle-ci n'a aucun caractère microbien! Elle est purement psychique! Il existe sur Kouros des êtres qui, sur le plan force-pensée, nous sont infiniment supérieurs!

Nog-Er-Som fixa son ami, eut une moue dubitative, hocha la tête.

— Tu déraisonnes, To-Hy-Kian. Si de tels êtres existaient, nous en aurions été prévenus depuis longtemps! Il n'y a sur Kouros que des races inférieures!

— J'aimerais le croire, Nog-Er-Som. Seulement, j'ai la preuve de ce que j'avance!... Sans être en mesure de la fournir concrètement, hélas!

— Mais c'est impossible! Nous...

To-Hy-Kian le coupa d'un geste.

— N'ajoute rien. Ecoute...

Le Suprême se mit alors à raconter ce qu'il avait vécu. C'était en cherchant à contacter le Bor de Maï-Kia-Dor que son esprit s'était heurté à une forme de pensée bien supérieure à la sienne.

Nog-Er-Som le laissa parler, s'accorda un temps de réflexion.

Il doutait.

— Mais, fit-il en roulant les yeux comme s'il avait été pris de panique, cette pensée appartient bien à quelqu'un ! A quel peuple ?... Tous ceux que nous connaissons sont incapables de maîtriser l'esprit de cette manière !

— Nous croyons tout connaître de Kouros, du moins en ce qui concerne les hommes qui y vivent... Peut-être ferions-nous bien de remettre en question ces connaissances !... Cette pensée existe, Nog-Er-Som ! J'en suis absolument sûr ! Je n'ai pas pu me tromper !... Il faut me croire !

— Je veux bien essayer... même si cela me semble irrationnel... D'abord, quel intérêt aurait un ennemi à vouloir nous éliminer ? Nous ne demandons rien à quiconque et nous ne désirons pas conquérir la planète !

— Nous ne le désirions pas ! rectifia To-Hy-Kian.

— Bon ! Second argument : où se situe l'ennemi ?... Dans l'espace ?

— Pourquoi pas ?

— Il y a des dartas et des dartas que nous effectuons des observations quotidiennes. Nos centres spatiaux n'ont jamais rien relevé d'anormal ! Et il y a bien des lustres que nos radars sont muets !

— Il faut envisager la possibilité que l'ennemi puisse disposer d'une technologie supérieure à la nôtre !... Non, ne proteste pas. Je sais que nous nous sommes toujours considérés comme des maîtres, mais le moment est sans doute venu de le prouver ! Pour la première fois nous rencontrons... du moins sommes-nous confrontés à une intelligence au minimum égale à la nôtre ! Une intelligence qui parvient, par le truchement de la force-pensée, à désorganiser notre peuple. Et nous ne sommes pas préparés à un combat de ce genre ! Nous sommes pris en défaut ! Qui sait depuis quand nous sommes manipulés !

— Nous nous égarons, To-Hy-Kian !

— Non ! C'est dans ce sens qu'il faut chercher !... Je propose de réunir notre groupe et de tenter de communiquer avec l'ennemi. Peut-être saurons-nous à qui nous avons affaire ? En tout cas, l'expérience démontrera à chacun que je n'ai rien inventé !

— Le risque est gros ! Tu oublies les télépathes espions. Leur nombre, je te le rappelle, a été doublé sinon triplé ! Nous nous ferons immanquablement repérer !

— J'ai mon idée là-dessus... Je parlerai à Rah-No-Lor !

— Tu comptes lui raconter cette histoire ?

— Non, évidemment ! Je vais lui suggérer la création d'un groupe qui sera chargé d'espionner les télépathes espions eux-mêmes, lui laissant entendre que j'ai glané quelques échos inquiétants à leur sujet... Ce groupe, le nôtre donc, sera placé sous ma direction et je serai libre de prendre toute initiative visant à assurer la sécurité du surmonde et, partant, celle de Rah-No-Lor !... De la sorte, nous opérons à découvert, ce qui, étant donné les circonstances, diminuera considérablement les risques... Ayant connaissance de l'existence du groupe, Rah-Nor-Lor ne s'inquiétera pas outre mesure si ses espions lui apportent certains renseignements...

Nog-Er-Som acquiesça. Ce que venait de lui révéler To-Hy-Kian le surprenait au-delà de tout ce qu'il était en mesure d'imaginer. Cependant, le

Suprême paraissait sûr de lui. S'il existait réellement une intelligence supérieure aux Gofans, il fallait sans tarder mettre le plan à exécution.

— Tu es le seul, présentement, à pouvoir décider valablement, opina Nog-Er-Som. Et quoique je ne ressente rien d'autre qu'un doute profond, tu as toute ma confiance...

— Merci, fit écho To-Hy-Kian. Je te charge de prévenir le groupe. Dès que j'aurai obtenu l'accord de Rah-No-Lor, je reprendrai contact avec toi...

— Et si le Grand Dirigeant refuse ?

— Il ne refusera pas ! Il aura besoin d'appuis très bientôt...

Nog-Er-Som se leva, se prépara à partir.

To-Hy-Kian le retint.

— Ton rôle ne sera pas facile... Ne cherche pas à convaincre. Donne les informations en tant qu'hypothèses et n'accepte, dans le groupe de travail que j'espère constituer, que des volontaires...

— Comme tu voudras...

— Ah ! une chose encore : nous pourrions avoir besoin de certains Gofans du nord... En particulier de ceux qui gardent le hangar secret. Car nous serons peut-être amenés d'ici quelque temps à vérifier tous les organes du vaisseau spatial... Ce vaisseau qui amena un jour sur Kouros une colonie de Gofans doit être prêt à repartir !

Nor-Er-Som se contenta d'esquisser un signe de tête pour marquer son approbation.

— A bientôt ! fit To-Hy-Kian en déclenchant l'ouverture du panneau d'accès.

CHAPITRE XIII

Précédés de Bhotaar, Pha, Kired et Nadar pénétrèrent dans l'une des maisons basses de la cité, découvrirent un intérieur sobre mais accueillant. L'Oumar tenta d'expliquer au Gofan l'origine de la luminosité verdâtre partout présente. Un « coordinateur », utilisant l'électricité de l'atmosphère, provoquait des « éclairs lents » si nombreux que la lumière ambiante paraissait uniforme. Mais Bhotaar ne savait en fait que ce qu'on lui avait transmis, aussi ne donna-t-il pas de détails quant au fonctionnement de l'appareil, cela étant du reste secondaire.

Ouvrant une porte qui masquait un escalier conduisant au sous-sol, il entraîna ses compagnons.

— Venez...

Ils descendirent une vingtaine de marches et découvrirent un véritable monde souterrain, tout un réseau de couloirs et de caves.

— Les salles communiquent entre elles, expliqua Bhotaar. C'est là que nous cultivons les plantes nécessaires à notre nourriture, car nous sommes végétariens... Dans ce secteur, nous nous occupons particulièrement des « limis » qui sont, comme vous le voyez, des plantes aquatiques.

Il désigna les cuves transparentes, six par cave, à l'intérieur desquelles l'on apercevait une foule d'herbes aux tiges garnies de bulbes gros comme le poing, d'un rouge veiné de mauve qui contrastait avec le vert cru de l'ensemble.

— Les limis, poursuivit Bhotaar, ont une chair très tendre et très sucrée, et sont d'une culture facile. La reproduction en bacs se fait aisément... Ces plantes ne demandent aucun soin particulier. Il suffit de veiller à ce que l'eau soit toujours claire...

Kired et Pha ouvraient grands leurs yeux, s'interrogeant sur cet univers qu'ils découvraient avec un émerveillement mêlé de crainte. Ils ne posaient cependant aucune question. Nadar était avec eux, et cela suffisait.

Bhotaar continuait d'avancer dans le couloir.

— Quand vous visiterez les autres secteurs, vous verrez des cultures différentes : des sorils qui sont les fruits d'une plante grimpante et qui se présentent sous la forme de grappes, des mislirs dont seules les feuilles sont comestibles, etc.

Il pénétra dans une cave au sol recouvert de tapis en fibres végétales tressées sur lesquels on avait aligné des centaines de limis.

Il se baissa pour choisir quelques-uns de ces fruits qu'il tendit ensuite à ses amis.

— Il faut les faire sécher, déclara-t-il. Plus l'écorce est dure, plus la chair est délicieuse... Tenez ! Pour les ouvrir, il suffit de presser ici, il y a une petite poche d'air qui éclate. Ensuite, l'écorce peut être enlevée facilement...

Ils goûtèrent, trouvèrent les limis effectivement délicieux. Dans les yeux de Bhotaar passa une flamme de satisfaction. Peut-être même s'agissait-il de fierté ?

— Et toi ? demanda Pha. Tu ne manges pas ?

— Si, répondit l'Oumar, mais nous avons coutume de prendre nos repas en commun... Je vais aller rejoindre les miens et les entretenir de...

Il s'interrompit, se tourna vers Nadar.

— De ce dont nous avons parlé, Nadar et moi, poursuivit-il. Mais servez-vous. Mangez à votre faim... Ensuite, vous vous reposerez...

Il s'interrompit une nouvelle fois, parut embarrassé.

Il émit une sorte de grognement étouffé et reprit

— Je ne dispose pas de couchettes adaptées à votre morphologie... Nous... nous dormons dans des... dans ce que vous appelleriez des bacs. Vous avez certainement remarqué les cuvettes creusées dans le sol et tapissées de feuilles ? Au fond, il y a toujours un peu d'eau, car nous avons un besoin vital d'humidité... Néanmoins, vous pourrez prendre quelques-uns de ces tapis. Je pense que cela devrait convenir...

— Parfaitement, répondit Nadar.

Il alla prendre quelques tapis sur un tas qui se trouvait dans le couloir, demanda à Kired de l'aider.

— Remontons ! invita Bhotaar. J'ai hâte de rejoindre les miens...

Ils firent le chemin en sens inverse.

Parvenu en haut de l'escalier, Bhotaar se figea.

— Kangoor ? fit-il, étonné.

Un Oumar, en apparence la copie conforme de

Bhotaar, attendait dans la pièce. Il dévisagea tour à tour Nadar, Kired et Pha puis prononça quelques mots dans sa langue. Une courte conversation s'ensuivit, et qui se prolongea par un silence.

— Que se passe-t-il ? demanda Nadar. Quelque chose de grave ?

— Un dissocié vient d'entrer dans la cité, traduisit Bhotaar. Avais-tu un compagnon ?

— Non ! Un dissocié ! Un Gofan ! Tu en es sûr ?

— Kangoor l'affirme. Il s'agit d'un homme comme toi. Aucun doute possible quant à son identité.

Ebranlé, Nadar sentit naître en lui l'excitation.

— Comment expliques-tu sa présence à Céréluna ?

— Il nous le dira lui-même ! Kangoor suggère que tu ailles l'accueillir !

Emu à l'idée de rencontrer l'un de ses semblables, Nadar ne répondit pas immédiatement. Il pensa au Vouh, à Sheena. Un jour, il connaîtrait une émotion plus grande encore...

— J'y vais ! décida-t-il brusquement. Où est-il ?

— Kangoor va te conduire... Je vous attendrai ici avec Kired et Pha...

En entendant Bhotaar prononcer leur nom, ceux-ci se tournèrent vers Nadar.

— Tu pars ? demanda Pha.

— Je dois m'absenter pendant un petit moment. Restez ici avec Bhotaar...

— Nous aimerions comprendre, intervint Kired. Vous parlez avec des mots qui nous sont inconnus alors que vous connaissez notre langue ! Qu'est-ce que vous voulez nous cacher ?

Gêné, Nadar toussota.

— Nous t'expliquerons cela plus tard, Kired... Je te le promets. Ce que je peux te dire c'est qu'il se passe pour les Oumars et pour moi des choses importantes, des événements qui concernent notre avenir. Il faudrait beaucoup trop de temps pour vous raconter notre histoire... De plus, dans la langue du Pays de Rhaül, il manque trop de mots... Quand tu seras familiarisé avec tout ce que tu découvriras, il sera possible de commencer les explications...

— Peut-être pourrais-tu m'apprendre ta langue ?

— Euh... oui...

— Les Oumars s'en chargeront, si tu le veux, proposa Bhotaar.

Kired acquiesça en soupirant et n'insista pas. Pour lui, comme pour Pha, l'atmosphère était parfois pesante. Ce monde était trop étrange, trop incompréhensible, trop loin de lui. Peut-être était-il préférable qu'il retourne avec sa sœur parmi les bûcherons ?... Il allait réfléchir.

Accompagné de Kangoor, Nadar sortit, retrouva la bruine et le crépuscule glauque, pensa à celui qui venait de pénétrer dans la cité et se revit quelques noras plus tôt.

⁂

C'était au tour d'un autre de découvrir Céréluna. Un autre Bor. Un dissocié. Un homme qui cherchait désespérément son Complément, et que sa quête avait conduit à la cité des Oumars...

Guidé par Kangoor, Nadar monta et descendit plusieurs escaliers moussus, emprunta une succession de ruelles, marchant avec une certaine précipitation qui le fit glisser à deux reprises.

Voir un homme comme lui ! Lui parler ! C'était comme si Nadar allait sortir d'un long exil... Pourtant, il n'y avait guère plus de treize jours que Maï-Kia-Dor avait été dissocié...

Le gnome s'arrêta à l'angle d'une rue, tendit le bras.

— Cet escalier, devant nous, conduit à une rue parallèle à celle-ci. L'homme passera par là dans un instant...

— J'y vais ! fit Nadar.

Il quitta Kangoor et gagna rapidement l'escalier désigné, son cœur battant à tout rompre. Celui qu'il allait rencontrer représentait le lien avec le passé. Un autre Bor... Un homme qui connaissait les mêmes tourments !

Nadar n'eut pas à attendre très longtemps. A quelque trente lors de l'endroit où il se trouvait, un homme vêtu de cuir et de fourrure avançait lentement, un glaive à la main. Prudent, il surveillait les alentours, ignorant sans doute ce qu'il cherchait en un lieu aussi bizarre. Ses vêtements indiquaient qu'il avait traversé les Terres Froides. Probablement venait-il du nord, lui aussi ?

Que faisait-il à Céréluna ?

Lorsqu'il ne fut plus qu'à quelques pas, Nadar sortit de l'ombre. Aussitôt, l'homme se mit en garde, assurant son glaive dans sa main droite. Une telle réaction traduisait l'habitude à se défendre. L'inconnu avait dû apprendre à se battre pour préserver sa vie...

Nadar s'avança, mains écartées pour bien montrer

qu'il n'était pas armé et qu'il n'avait aucune intention belliqueuse. Sur un ton qu'il voulait calme, il salua dans la langue du surmonde.

— Arrête ! ordonna l'inconnu. Qui es-tu ?

— Un Bor, comme toi ! répondit Nadar. Cela ne se voit pas ?... Regarde-moi bien ! Nous possédons les mêmes cheveux, les mêmes yeux... Ne reconnais-tu pas l'idiome des Gofans ?

L'homme, certainement habitué aux pièges de tous ordres, demeura sur la défensive. Incrédule, il fit un pas en avant, détailla celui qu'il avait devant lui. L'image correspondait à celle d'un dissocié...

Il se posait des questions, c'était visible. Si l'homme qu'il venait de rencontrer était vraiment un dissocié, que faisait-il dans cette cité ?

Finalement, il baissa son glaive.

— Est-ce possible ? murmura-t-il. J'ai tant marché sans but et sans espoir que je me défie de ma raison... Quel est ton nom ? Qui étais-tu avant ?

Nadar maîtrisa son émotion, répondit avec un léger temps de retard :

— Je me nomme Nadar... Je suis le Bor de Maï-Kia-Dor, responsable du secteur III à Aar... Et toi ? Qui es-tu ?

— Je fus Nal-Ko-Rod, de la section agricole 37, répondit le nouveau venu avec tristesse, dissocié pour avoir critiqué la manière de gouverner des Suprêmes... J'ai été envoyé en Luanie il y a un peu plus de trois dartas, et je suis devenu Rakir. C'est un nom très répandu en Luanie...

— Comment es-tu venu jusqu'ici ?

Rakir eut une moue de dégoût qui traduisait peut-être la tristesse et la déception à la fois.

— L'histoire est longue et n'a rien de passionnant, répondit-il. C'est la recherche du Vouh qui a toujours guidé mes pas... Il n'y a pas si longtemps, j'errais dans le Domaine Intérieur de Kanav, ayant quitté la Luanie qui se prépare à combattre ses voisins... Certains seigneurs du Territoire des Névorands s'agitent, parlent de guerres et de conquêtes... Mais peu importe ! Je suis parti vers le Pays de Rhaül. Dans les villages, on raconte de curieuses légendes. L'une d'elles parle de dieux venus jadis sur Kouros pour aider les hommes...

— Je connais cette légende, coupa Nadar. Elle repose sur un fond de vérité... Les dieux sont en fait les Oumars qui, comme nous, sont venus d'un autre monde. Ils ont bâti cette cité qu'ils nomment Céréluna et dans laquelle je viens d'arriver...

Il s'interrompit, posa ses mains sur les épaules de Rakir, exerça une pression et reprit :

— Tu vas avoir beaucoup de questions à poser, Rakir. Tu es venu à Céréluna parce que quelque chose t'a attiré... Bientôt, tu reprendras espoir ! Tu retrouveras ton Complément !

— Ne te donne pas tant de peine. Tout espoir est vain ! Sans lendemain ! Tout est illusion !... Tu rêves, Nadar. La loi inique du surmonde nous a condamnés à errer jusqu'à la fin de nos jours. Croire que l'on retrouvera le Vouh est une utopie !

— Je n'en suis pas aussi sûr !... Attends de connaître Céréluna et de parler avec les Oumars...

— Les Oumars ?... Ils sont vivants ?

— Une petite centaine... La cité, contrairement à ce que tu crois, n'est pas abandonnée ! Les Oumars furent jadis très évolués techniquement. Leurs connaissances valent les nôtres ! Présentement, ils ont encore les moyens de rassembler ici tous les dissociés !

Rakir étreignit son glaive. Ses yeux aigue-marine lancèrent des éclairs.

— Qu'est-ce que tu dis ? Tu es devenu fou !... Où sont-ils tes Oumars ?

— Attends-toi à une surprise... Morphologiquement, ils ne nous ressemblent pas beaucoup. Mais rappelle-toi qu'ils sont très évolués. Et je te répète qu'ils ont les moyens de rassembler tous les dissociés ! Des preuves, tu en auras ! Viens !

— Je ne peux pas y croire.

— Tu changeras d'avis... Viens !

CHAPITRE XIV

Ecrasé par les révélations que venaient de lui faire Bhotaar et Nadar, Rakir ne disait mot, ne sachant s'il devait croire en ces mystérieuses entités que l'on nommait Wyx et que l'on rendait responsables de la chute des Sergs, des Oumars et bientôt des Gofans. Bhotaar et Kangoor, cependant, étaient là pour témoigner ; deux gnomes à la peau squameuse, aux gros yeux à facettes que Rakir avait rencontrés non sans manifester une vive surprise.

Il demeura sans réaction. Ce qu'il venait d'entendre remettait tout en question. Il avait peur d'espérer, peur de connaître une joie éphémère.

— Descendons dans le Vr'o, proposa Nadar. Ainsi Rakir aura une preuve concrète...

— Il ne verra rien d'autre que ce que tu lui as décrit, répliqua Bhotaar. Quant à tenter un contact comme tu l'as fait, c'est trop dangereux... Car c'est bien ce que tu comptais demander, n'est-ce pas ?

— Oui, répondit Nadar. J'espérais, avec ton aide, communiquer avec le surmonde !

— Avec le surmonde ! s'exclama Bhotaar. Mais tu as oublié que nous ne maîtrisons plus les forces du

Vr'o ! Il faudra des jours et des jours avant de parvenir à canaliser correctement nos pensées !... Les Gofans sont réceptifs, certes, mais les Wyx veillent !... Pourquoi veux-tu communiquer avec le surmonde ?

— Il m'est venu une idée... J'ai un fidèle ami à Aar. Si nous l'informons de ce que nous voulons entreprendre, il pourra œuvrer de son côté ! Cela permettra peut-être d'augmenter l'efficacité de notre action et d'agir plus vite !

— Je comprends. Mais c'est impossible dans l'immédiat !

— Mais alors... pour les dissociés ?

— Ce sera différent. N'allons pas trop vite. L'exécution de notre plan suppose une longue préparation... D'abord, je dois mettre tous les miens au courant. S'ils acceptent la lutte, nous réapprendrons à utiliser les forces du Vr'o. Cela demandera quelques jours... Lorsque nous nous estimerons prêts, et tout en poursuivant nos efforts pour atteindre à une parfaite maîtrise, nous nous contenterons d'effectuer des repérages émaillés de quelques essais. Ensuite, quand nous aurons situé le plus grand nombre de dissociés, nous prendrons contact avec eux, en commençant par les plus éloignés de Céréluna et en resserrant progressivement notre cercle...

Nadar parut contrarié. Il s'accorda un temps de réflexion, fit remarquer que toute cette procédure allait exiger beaucoup de temps.

— Il n'y a pas d'autre solution, dit encore Bhotaar. Nous devons nous entourer de toutes les précautions nécessaires, à commencer par une lente progression dans la prise en charge des forces du

Vr'o. Une action trop rapide serait aussi dangereuse qu'inutile !

Rakir flottait toujours entre le rêve et la réalité, se contentait de suivre la conversation avec cette impression d'avoir subitement basculé dans un autre monde.

Kired et Pha discutaient à voix basse, l'un parlant de partir, l'autre de rester. Pha aimait Nadar...

Kangoor, quant à lui, s'était absenté. Il revint avec un récipient contenant des limis qu'il distribua. Cependant, il n'en offrit pas à Bhotaar et ne se servit pas.

— Je vais retourner à Aar ! annonça brutalement Nadar.

Rakir se redressa vivement comme s'il avait été mordu par un animal furieux.

— Retourner à Aar ! s'exclama-t-il. Tu te rends compte de ce que tu dis ?... C'est un suicide !

— J'ai réfléchi. Je veux prévenir To-Hy-Kian ! Je refuse de croire que tous les Gofans soient sous la domination des Wyx !

— To-Hy-Kian est un Suprême ! Il travaille avec Rah-No-Lor !

— C'est mon ami !

— C'est un Suprême !

— To-Hy-Kian est de notre côté, Rakir !... Il y a quelques jours, il a essayé d'entrer en communication avec moi. Il n'a pas réussi mais j'ai reçu quelques images dans un bref contact mental, ce qui m'incite à penser qu'il a conservé toutes ses facultés !... J'irai à Aar !

— Tu es fou, Nadar ! Complètement fou !... Tu ne pourras pas pénétrer dans le surmonde ! Et même si tu y parvenais, tu te ferais immédiatement repérer ! Tu es devenu un homme, Nadar, ne l'oublie pas !

— Je prends le risque ! Je veux connaître la situation du surmonde, prévenir ceux qui ne sont pas encore tombés sous la coupe de nos ennemis, mettre avec To-Hy-Kian un plan sur pied !

— Abandonne cette idée ! Pense à ton Complément !

— Je connaîtrai Sheena très bientôt, assura Nadar. J'ai confiance. Elle viendra à Céréluna !

— Mais toi ?... Jamais tu ne reviendras du surmonde ! En retournant à Aar, tu te condamnes !

— Je veux ignorer les lois du surmonde ! Elles ne me concernent plus ! Je verrai To-Hy-Kian !

Pha, qui ne cessait d'observer Nadar, n'aimait pas ces discussions au cours desquelles le ton montait. Pourquoi Nadar ne lui accordait-il pas plus d'attention ? De quoi parlait-il ?

— Je suis seul juge, Rakir. J'ai pris ma décision. Je ne la remettrai pas en cause...

— Dans ce cas, je t'accompagne !

— Non, refusa Nadar. Il vaut mieux que j'y aille seul... Et puis, Bhotaar aura besoin d'aide. Il faudra accueillir les dissociés, leur expliquer ce que nous voulons faire, organiser leur vie...

Bhotaar intervint :

— Je ne sais si Nadar a tort ou raison, mais je respecte son idée. Son action auprès de celui qu'il nomme To-Hy-Kian est susceptible de compléter celle que nous allons entreprendre ici...

Le gnome se tourna vers Nadar et demanda simplement :

— Quand ?

— J'ai besoin de sommeil, répondit le Gofan. Je partirai quand je me serai reposé. Dans quelques noras... Quoi qu'il arrive, ne change rien à ce qui a été décidé. Veille sur Pha et sur Kired... Quant à toi, Rakir, aide Bhotaar de ton mieux...

Nous avons été UN.
T'en souviens-tu, le Vouh ?
Le même passé nous lie.
Le présent nous sépare.
Que serons-nous demain ?
Nous avons été UN.
N'oublie jamais, le Vouh.
Dans un passé serein,
Nous avons été UN.

CHAPITRE XV

Nadar savait que cela était dangereux, pourtant il n'avait su résister à l'impérieux désir de se rendre dans le Vr'o. Il avait besoin, avant de quitter Céréluna, de voir son Complément. De fait, il avait très peu dormi, son esprit étant tout entier occupé par cette femme qui errait quelque part, loin de lui...

Le Vr'o allait l'aider. Depuis quelques instants déjà il se trouvait dans la salle dodécagonale, et sa silhouette, reflétée par les miroirs noirs, se troublait. Immobile, il avait cherché un maximum de concentration pour atteindre à cet état particulier qui lui permettait de projeter sa pensée.

Peu à peu il sentait venir à lui les ondes qui imprégnaient le Vr'o. Il les acceptait progressivement, fournissant un effort constant pour les dominer, pour les emprisonner dans le filet de sa volonté. Elles étaient cependant puissantes, et chaque vague qu'il acceptait lui coûtait une sensation désagréable qui se transformait le plus souvent en douleur réelle.

Soutenant son effort, il vit apparaître une théorie de formes mouvantes qui remplacèrent son reflet, constatant avec une secrète satisfaction qu'il dominait les ondes issues des miroirs, qu'il les pliait à son désir.

Sa pensée se précisait. Il se sentait plus fort, presque aussi fort que lorsqu'il était Maï-Kia-Dor. Il devait poursuivre dans cette voie, ne pas relâcher la tension. A la surface des miroirs s'ordonnaient de curieuses figures qui se muèrent bientôt en perspectives créant une troisième dimension.

Et Sheena apparut tout à coup...

Nadar ne se laissa pas surprendre, attentif aux sollicitations continuelles des ondes. Cherchant à établir le contact mental, il perçut une résistance qu'il identifia aussitôt. Sheena refusait, s'opposait à son action. Il la devina extrêmement troublée et même inquiète. Il devait la rassurer, l'amener à accepter sa pensée en se concentrant davantage.

Il appela à lui une nouvelle vague d'ondes, soutint le choc. Il sentit faiblir Sheena, insista jusqu'à ce que le contact s'établisse.

Il avait réussi.

Il se produisit une déchirure. Le Bor chancela mais l'effort qu'il soutenait le fit rester maître des ondes nées du Vr'o. Il oublia la douleur, accueillit de nouvelles forces sans se rendre compte qu'il n'était plus qu'un fragile réceptacle. Mais il désirait consolider le lien psychique entre le Vouh et lui.

Tenir. Rester le maître. Ne pas permettre aux ondes de le submerger. C'était difficile et douloureux mais il lui sembla, à un instant précis, qu'une pensée s'unissait à la sienne...

De toute sa puissance mentale il appela Sheena. Le résultat obtenu dépassa ses espérances. A quelques pas de lui, étendue sur le miroir noir du sol, elle était là, vivante ! Son visage était cependant marqué par la peur, ses yeux aigues-marines fixant un point situé à l'infini.

Elle poussa un cri que Nadar n'entendit pas. Il la devina en proie à l'angoisse la plus profonde et se précipita vers elle, dans une sorte d'élan passionné qui lui fit oublier les ondes.

Un éclair bleu le faucha en plein élan.

Il hurla, fou de douleur, se tenant la tête à deux mains. Incapable de résister à l'assaut de forces qu'il ne maîtrisait plus, Nadar se tordait là où, pendant un instant très court, Sheena était apparue...

***

Bhotaar se pencha sur lui, se livra à un examen rapide avant de déclarer :

— Il a failli mourir...

Puis, s'adressant à Kangoor :

— Aide-moi à le tirer... Les ondes continuent à le solliciter. Il faut sortir du Vr'o !

— Comment a-t-il pu résister ?

— Ce n'est pas un homme comme les autres, répondit Bhotaar. Il faut croire que les facultés propres aux Gofans ne disparaissent pas avec la dissociation...

Les deux Oumars tirèrent Nadar par les pieds afin de le soustraire à l'action du Vr'o. Une tâche qui mit sérieusement leurs muscles à contribution, d'autant que leur ami ne cessait de se tordre sous la douleur.

Quand ils parvinrent dans le couloir, Bhotaar grogna :

— Je lui avais pourtant bien recommandé de ne pas récidiver...

Perplexe, Kangoor demanda :

— Pourquoi l'as-tu aidé, dans ce cas ?

— Pourquoi ?... Je ne sais pas. J'ai été pris de doute... J'ai cru qu'il parviendrait à dominer les ondes. Je l'en sentais capable. Et puis, il avait tellement envie de voir son Complément !

— Il a perdu connaissance...

— Tant mieux !...

Bhotaar s'assura que le cœur de Nadar battait à un rythme régulier puis il se releva.

— Nous avons un exemple de ce qui nous attend, Kangoor. Si nous voulons nous rendre maîtres du Vr'o, nous devrons nous montrer prudents en commençant par des séances collectives. Plus nous serons nombreux, plus les ondes seront partagées...

Kangoor soupira.

— Nous ne sommes pas au bout de nos peines, fit-il, mais qu'importent les sacrifices si un chemin s'ouvre devant nous ! Nous vengerons les Serks et nous prendrons notre revanche ! Céréluna vivra !

— J'espère que nous ne nous trompons pas, Kangoor, sinon c'est l'anéantissement ! Nous savons si peu de chose sur les Wyx...

— Pourquoi ce pessimisme, tout à coup ?

— Ce n'est pas du pessimisme. L'enjeu est à la mesure de notre espoir... Cependant, je n'ose trop me réjouir avant d'avoir obtenu quelques résultats...

Bhotaar observa Nadar qui, malgré l'inconscience dans laquelle il était plongé, s'agitait beaucoup, répétant sans cesse le nom qu'avait pris le Vouh devenu femme.

— Sans lui nous aurions continué à végéter... Il aura été l'artisan de notre réveil...

— Tu oublies Rakir.

Bhotaar hocha la tête.

— C'est vrai, reconnut-il. Il y a Rakir. Mais il est bien différent de Nadar. Contrairement à ce dernier, il avait déjà accepté son sort de dissocié. Il s'était résigné à poursuivre une ombre... Voilà un point que je ne suis jamais parvenu à éclaircir. Comment les Gofans peuvent-ils s'acharner à vouloir retrouver leur Complément alors qu'ils ne nourrissent plus aucun espoir ?... La mort, à mon sens, serait préférable...

— Sans doute, répliqua Kangoor. Mais peut-être faut-il chercher la réponse dans le fait que la dissociation ne tue pas l'esprit du Gofan ! Il doit subsister, en même temps que cette mémoire commune au Bor et au Vouh, une sorte d'inconscient qui leur interdit de se suicider ?

— Oui... Tu as probablement raison...

Les Oumars restèrent silencieux pendant un long moment, absorbés l'un et l'autre par des pensées qui concernaient leur avenir. Un avenir qu'ils imaginaient tout en faisant référence au passé.

Bhotaar se souvint brusquement qu'il avait laissé Rakir dans l'expectative après avoir constaté l'absence de Nadar.

— Tu devrais remonter, conseilla-t-il à Kangoor. L'autre va se poser des questions. Pha et Kired également... Inutile de leur raconter ce qui s'est passé. S'ils demandent des explications, réponds que Nadar prépare son départ... Ensuite, si tu le veux, occupe-toi des chevaux et des vivres...

CHAPITRE XVI

Sheena...

Les ondes émises par les miroirs noirs...

Le Vr'o...

Lentement, Nadar renouait avec le monde ambiant, arrachant les derniers lambeaux d'un étrange camaïeu onirique. Il renaissait.

Lorsqu'il eut une vision nette de ce qui l'entourait, il reconnut Bhotaar et s'efforça de sourire. Il avait déjà vécu ces instants. Mis à part un certain engourdissement qui le paralysait encore, il se sentait bien.

Patiemment, Bhotaar attendait que le malaise se dissipe puis, quand il fut certain d'être parfaitement compris, il s'adressa à Nadar :

— Pas de mal ?

Nadar éprouva quelque difficulté à articuler.

— Non...

Sa langue était dure. Il n'avait plus de salive.

Bhotaar laissa encore couler un peu de temps puis parla de nouveau.

— Tu n'aurais pas dû revenir seul ici, reprocha-t-il. La puissance du Vr'o aurait pu te tuer !

— Sheena..., fit Nadar. Je l'ai vue ! Elle vit... Je ne sais pas ce qui s'est passé...

— Tu n'as vu qu'une projection, Nadar. Pas la réalité... Et cette projection n'appartient pas obligatoirement à ton présent. Ce que tu as vu, c'est une image qui émane du passé. D'un passé que je n'ai pas pu déterminer... Il n'y a peut-être que quelques noras de différence, ou seulement quelques jours...

— Comment le sais-tu ?

— Si tu t'étais rendu maître des forces du Vr'o au point de provoquer l'apparition d'images appartenant au présent, le contact mental entre Sheena et toi se serait établi. Vous auriez communiqué !

Nadar se redressa.

— Mais nous avons communiqué ! fit-il, à présent libéré totalement. Sheena m'a reconnu !... Elle s'est d'abord opposée à ma pensée et...

— Non, coupa Bhotaar. Vous vous êtes rencontrés par l'esprit dans un temps qui n'est pas déterminé. Sheena a reçu une pensée parasitée, déformée. Elle a d'abord subi l'action du Vr'o puis elle a deviné que, mêlées aux forces qu'elle percevait, deux pensées essayaient de l'atteindre...

— Deux pensées ?

— La tienne et la mienne.

— La tienne ?... Tu étais donc là ?

— Avec Kangoor, oui... Lorsque je suis revenu, après avoir quitté les miens, j'ai constaté que tu n'étais pas là alors que tous les autres dormaient. J'ai compris immédiatement que tu t'étais rendu dans le Vr'o.

— Et tu m'as aidé !... Pourquoi ?

Bhotaar émit un grognement sourd et répondit après une courte hésitation :

— J'ai pensé qu'un Gofan... du moins un dissocié... pouvait posséder des ressources psychiques. Et puis j'ai cru que le fait de revoir ton Complément t'aiderait dans la mission que tu veux accomplir...

Nadar soupira et se releva. Bhotaar ne venait-il pas de lui donner une preuve d'amitié ?

— Oui, Bhotaar. Nous réussirons ! Bientôt je rencontrerai To-Hy-Kian. Ensemble nous étudierons la situation du surmonde et les moyens à mettre en œuvre pour éliminer les Wyx ! J'ai déjà mon idée là-dessus, cependant je préfère ne rien dire pour l'instant. Il y a encore trop d'inconnues...

— Tu m'intrigues... Mais je respecte ton désir... Crois-tu être en mesure de parvenir jusqu'à To-Hy-Kian ?... Rakir a émis plus que des réserves !

— Et je le comprends ! dit Nadar. Il ne me sera pas facile de pénétrer à Aar. Pourtant j'ai déjà tracé mon parcours. Et j'aurai tout le temps d'en étudier les moindres détails pendant mon voyage...

— Supposons qu'on te découvre...

Nadar ne répondit pas. S'il échouait, il mettrait fin à ses jours avant que les Gofans n'aient pu sonder son cerveau. Que valait sa vie en comparaison de toutes celles qu'il y avait à sauver ?

— Passons à autre chose, Bhotaar. As-tu parlé aux tiens ?

— Oui... Pendant plusieurs dartas... Au début, ils sont restés de glace, cachés derrière le mur du doute ou du rejet. Puis certains ont posé des questions, d'autres ont émis des idées opposées, d'autres encore ont développé des théories qui s'appuyaient sur notre passé... De tout cela est née une discussion fort animée. J'ai pu m'expliquer sur chaque point... Et puis, graduellement, l'espoir est venu. En révisant le plan, chacun se rendait compte des chances que nous avons... L'enthousiasme est présent. Nous sommes prêts. Nous nous organiserons dès ton départ...

Nadar éprouva une joie intense. Une joie qui lui procura une sensation de force. Il n'y avait pas si longtemps qu'un tribunal inique l'avait jugé. Il allait revenir parmi les Gofans en justicier pour préparer en secret la chute des Wyx.

Il voulait de nouveau s'adresser à Bhotaar quand il aperçut une frêle silhouette qui se tenait immobile à quelques pas de là, dans le couloir.

— Pha ?... Qu'est-ce que tu fais ici ?

***

Elle pleurait. A la question de Nadar elle répondit par un sanglot puis elle alla se jeter dans les bras de l'homme aux yeux aigue-marine. Fallait-il qu'il soit aveugle pour ne pas voir qu'elle l'aimait !

Mais que signifiait aimer dans l'esprit d'un dissocié ? La définition, assurément, n'était pas la même pour un homme ou une femme, ou pour un Oumar. Cependant Nadar s'interrogeait sur le trouble qui s'emparaît de lui... Entre lui et Pha existaient des liens dont il n'était pas maître, des liens étranges qui le poussaient par exemple à serrer contre lui la jeune fille, à lui caresser les cheveux... Etait-ce parce qu'il était devenu homme qu'il réagissait ainsi ?

— L'autre m'a dit que tu allais partir...

— L'autre ? s'étonna Nadar. De qui parles-tu ?

— De celui qui te ressemble, répondit Pha sans lever la tête.

Elle ne bougeait plus. Dans les bras de Nadar, elle s'apaisait. Peut-être parviendrait-elle à le convaincre de rester ?

— Rakir..., murmura Nadar. Il a bien fait... Oui, Pha, je vais partir.

— Tu as donc changé d'avis ? Tu ne restes plus à Céréluna ?

— Non. Je dois retourner dans mon pays...

— Pourquoi ?

— Il se passe là-bas des événements graves, répondit Nadar. Des ennemis puissants menacent mon peuple. Ce sont ceux qui ont provoqué la chute des Serks, ceux qui ont détruit la civilisation des Oumars... Si je retourne dans mon pays, c'est parce que, grâce aux discussions que j'ai eues avec Bhotaar, j'ai trouvé un moyen de lutter contre ces ennemis !... Je dois partir, Pha, mais je reviendrai !

— Et ensuite... tu resteras avec moi ?

Nadar était sur des charbons ardents. Il lança un regard désespéré à Bhotaar qui tentait de comprendre à la fois les sentiments de Nadar et ceux de Pha. Tout cela lui paraissait bien compliqué. Les liens affectifs, pour un Oumar, ne ressemblaient pas à ceux des hommes.

Il préféra s'éloigner. Non pas parce qu'il refusait d'aider Nadar, mais parce qu'il ne se sentait nullement concerné.

Nadar et Pha restèrent seuls.

— Tu ne m'as pas répondu, fit-elle remarquer.

— C'est justement parce que je ne puis te donner de réponse... Je ne sais pas si je vivrai auprès de toi... Je suis lié à une femme qui a pour nom Sheena et que je veux retrouver. Après mon départ, Bhotaar t'expliquera...

— C'est ton épouse ?

Nadar réfléchit, se remit en question. Que représentait Sheena pour l'homme qu'il était devenu ?

— Non, répondit-il. Elle serait plutôt... C'est ma sœur !

Il mesura toute l'importance de ces derniers mots. Sa sœur ! N'était-ce pas, justement, le nom qu'il fallait donner à Sheena ? Il avait fallu qu'il soit amené à réfléchir sur ce point pour qu'il découvre que l'attirance très particulière qui existait entre le Bor et le Vouh était comparable à celle qui unissait Pha et Kired...

Pourtant, il y avait autre chose : le Bor et le Vouh étaient attachés l'un à l'autre par des liens différents de ceux qui pouvaient unir les humains normaux...

Pha releva la tête et sourit.

— Emmène-moi, Nadar...

— Impossible, déclara-t-il sur un ton ferme. Le voyage sera long et dangereux... Et si je veux réussir, je dois partir seul !

La déception modela le visage de Pha.

— J'ai peur que tu ne reviennes pas, souffla-t-elle.

— Je reviendrai, Pha ! Il faut que je revienne...

Il allait ajouter : « pour revoir Sheena », mais il se contenta de le penser. Il soupira. Son regard se perdit dans l'obscurité.

De quoi les lendemains seraient-ils faits ? Réussirait-il à entrer à Aar et à rencontrer To-Hy-Kian ?

L'entreprise présentait bien des aléas, d'autant que l'on posait, en postulat, une limite à la force des

Wyx ! Mais il fallait croire en la réussite. Tout était possible !

— Viens, murmura Nadar à l'oreille de Pha. Tu verras, dans quelque temps, il se produira un grand changement à Céréluna... Ne t'inquiète pas de ce que tu verras. Nous l'avons voulu ainsi... Reste auprès de Bhotaar. Aide-le du mieux que tu pourras...

— Je t'attendrai, dit-elle simplement.

⁂

Tous les Oumars se sont rassemblés pour saluer d'un « au revoir » muet « celui-par-qui-vient-l'espoir ». Ainsi ont-ils surnommé Nadar.

Parmi eux se trouvent Pha et Kired, ainsi que Rakir... Un Rakir qui s'interroge sur l'avenir et qui envie presque son semblable. Car retourner à Aar est une folie mais également une fantastique aventure...

Là-bas, dans un glauque crépuscule, dans ce crépuscule mouillé qui enveloppe comme un cocon la cité hors du monde, des silhouettes se fondent. Un homme. Deux chevaux...

Un bruit de sabots sur les dalles rongées...

Un bruit qui décroît...

Le rideau tissé par la bruine se referme. Pha garde les yeux fixés sur l'endroit où elle a vu disparaître Nadar, insensible à la pluie ténue qui poudre ses cheveux. Elle se blottit contre Kired qui doucement lui murmure :

— Il reviendra...

De nouveau, Nadar se trouve seul. Mais il n'est plus un errant. Au terme d'un long voyage, il verra devant lui les hautes montagnes de Serkam, frontière naturelle entre le Pays de Rhaül et le surmonde. Tout commencera alors. La lutte contre les forces occultes de la planète sera engagée !

Nadar pense à Sheena, à son Complément, à l'autre moitié de l'être qui fut Maï-Kia-Dor. Et cette pensée le réconforte, l'encourage. Un jour, ils seront un...

Comme par le passé.

DÉJA PARUS DANS LA MÊME COLLECTION

979.	*Techniques de survie*	G. Morris
980.	*Les jours de la montagne bleue*	A. Saint-Moore
981.	*La horde infâme*	Paul Béra
982.	*La clé du Mandala*	Jimmy Guieu
983.	*Strontium 90*	Daniel Piret
984.	*Dingue de planète*	Gabriel Jan
985.	*Les sphères de Penta*	Dan Dastier
986.	*Terra-Park*	Christopher Stork
987.	*3087*	Adam Saint-Moore
988.	*Untel, sa vie, son œuvre*	G Morris
989.	*Heyoka Wakan*	J.-L. Le May
990.	*Demandez le programme !*	Yann Menez
991.	*Horlemonde*	Gilles Thomas
992.	*Les écumeurs du silence*	Michel Jeury
993.	*Apocalypse snow*	J.-Ch. Bergman
994.	*Périple galactique*	Pierre Barbet
995.	*Contre-offensive Copernicus*	K.-H. Scheer
996.	*Les intemporels*	Dan Dastier
997.	*La compagnie des glaces*	G.-J. Arnaud
998.	*Chez Temporel*	Louis Thirion
999.	*Dérapages*	Pierre Suragne
1000.	*Le zénith... et après ?*	Maurice Limat
1001.	*L'usage de l'ascenseur est interdit aux enfants de moins de quatorze ans non accompagnés*	Christopher Stork
1002.	*Les Malvivants*	G Morris
1003.	*Le sombre éclat*	Michel Jeury
1004.	*Groupe « Géo »*	M.-A. Rayjean
1005.	*Chak de Palar*	P -J Hérault
1006.	*Civilisations galactiques-Providence*	Frank Dartal
1007.	*Vive les surhommes !*	Jean Mazarin
1008.	*L'homme aux deux visages*	K.-H. Scheer et C Darlton
1009.	*Nous irons à Kalponéa*	Paul Béra
1010.	*Ballade pour un glandu*	Yann Menez
1011.	*Le défi génétique*	Piet Legay
1012.	*La vie en doses*	G. Morris
1013	*La porte des serpents*	Gilles Thomas
1014	*La mémoire de l'archipel*	A. Saint-Moore

1015	*Deux souris pour un Concorde*	J.-L. Le May
1016	*Centre d'Intendance Godapol*	K.-H. Scheer
1017	*Stade zéro*	Dan Dastier
1018	*La dernière bataille de l'espace*	Jan de Fast
1019	*Survivance*	Budy Matieson
1020	*Rêves en synthèse*	Gabriel Jan
1021	*Les vivants, les morts et les autres*	G. Morris
1022	*Programmation impossible*	K.-H. Scheer
1023	*Les dieux oubliés*	K.-H. Scheer et C Darlton
1024	*Il y a un temps fou..*	Christopher Stork
1025	*L'ultime test*	P Legay
1026	*Rod, patrouille de l'espace*	André Caroff
1027	*Le maréchal rebelle*	Pierre Barbet
1028	*Q.I*	Paul Béra
1029	*Intendance martienne Alpha VI*	K.-H. Scheer
1030	*Vecteur Dieu*	G Morris
1031	*Le proscrit de Delta*	Maurice Limat
1032	*Quand la Machine fait « Boum ! »*	Richard Bessière
1033	*Soucoupes violentes*	G Morris
1034	*Le Seigneur de l'Histoire*	Michel Jeury
1035	*Rod, Vacuum-02*	André Caroff
1036	*Mission secrète « œil géant »*	K.-H. Scheer
1037	*L'aventure Akonide*	K.-H. Scheer et Clark Darlton
1038	*Le sanctuaire des glaces*	G.-J. Arnaud
1039	*L'étrange maléfice*	Piet Legay
1040	*La fresque*	P.-J Hérault
1041	*Demain les rats*	Christopher Stork
1042	*Tamkan le Paladin*	Gabriel Jan
1043	*Le dieu endormi*	K.-H Scheer
1044	*Mannes éphémères*	K.-H. Scheer et Clark Darlton
1045	*La guerre des Lovies*	G Morris
1046	*La métamorphose des Shaftes*	Dan Dastier
1047	*La légende future*	Maurice Limat
1048	*Obsession temporelle*	Piet Legay
1049	*La vingt-sixième réincarnation*	Adam Saint-Moore
1050	*Le test de l'aigle rouge*	K.-H. Scheer
1051	*Le secret des pierres radieuses*	Jan de Fast
1052	*Les fusils d'Ekaistos*	Philippe Randa
1053	*Les derniers anges*	Christopher Stork
1054	*Déchéa*	M.-A. Rayjean

1055	*Les plasmoïdes au pouvoir ?*	G Morris
1056	*Le peuple des glaces*	G -J Arnaud
1057	*Étoile sur Mentha*	Gabriel Jan
1058	*Alerte à l'hypnose*	K -H. Scheer
1059	*Changez de bocal*	Paul Béra
1060	*Capitaine Pluton*	Jean-Pierre Garen
1061	*Le mystère Varga*	Piet Legay
1062	*La sainte Espagne programmée*	Michel Jeury
1063	*Une morsure de feu*	Maurice Limat
1064	*Complots arkonides*	K -H Scheer et Clark Darlton
1065	*Coefficient de sécurité 3*	K.-H. Scheer
1066	*L'expérience du grand cataclysme*	Philippe Randa
1067	*Les volcans de Mars*	Jean-Louis Le May
1068	*Échec aux Ro'has*	Piet Legay
1069	*Un Drahl va naître*	Gabriel Jan
1070	*Un monde impossible*	G. Morris
1071	*Cité des Astéroïdes*	Pierre Barbet
1072	*S.O.S. Sibérie*	K -H Scheer
1073	*Les dieux maudits d'Alphéa*	Dan Dastier
1074	*Vatican 2000*	Christopher Stork
1075	*Le réveil des dieux*	Philippe Randa
1076	*Notre chair disparue*	G Morris
1077	*Les chasseurs des glaces*	G.-J. Arnaud
1078	*La traque d'été*	Adam Saint-Moore
1079	*Jaïral*	M.-A. Rayjean
1080	*Le palais du roi Phédon*	Philippe Randa
1081	*La révolte des grands cerveaux*	K.-H. Scheer
1082	*Pas de passeport pour Anésia*	Jan de Fast
1083	*La nuit solaire*	Maurice Limat
1084	*Les non-humains*	Jacques Hoven
1085	*Opération dernière chance*	K.-H Scheer et Clark Darlton
1086	*La révolte des Boudragues*	Jean-Louis Le May
1087	*. Ou que la mort triomphe !*	G Morris
1088	*Angel Felina*	Joël Houssin
1089	*Mais l'espace. mais le temps.*	Daniel Walther
1090	*Avant-poste*	Jean Mazarin
1091.	*Les hommes-processeurs*	Michel Jeury
1092.	*Le bon larron*	Christopher Stork
1093.	*Titcht*	Christian Mantey

1094.	*Les petites femmes vertes*	Christopher Stork
1095.	*Planète-Suicide*	G. Morris
1096.	*L'enfant de Xéna*	Dan Dastier
1097.	*Le troubadour de minuit*	Maurice Limat
1098.	*Le monde noir*	M.-A. Rayjean
1099.	*Les psychos de Logir*	Pierre Barbet
1100.	*Rencontres extragalactiques*	Scheer et Darlton
1101.	*Mission sur terre*	Philippe Randa
1102.	*Sheena*	Gabriel Jan
1103.	*En une éternité...*	Jean Mazarin
1104.	*L'enfant des glaces*	G.-J. Arnaud
1105.	*Un autre monde*	André Caroff
1106.	*Le pronostiqueur*	Joël Houssin
1107.	*Lacunes dans l'espace*	Jean-Louis Le May
1108.	*La femme invisible*	Christopher Stork
1109.	*Une secte comme beaucoup d'autres*	G. Morris
1110.	*Le règne d'Astakla*	Dan Dastier
1111.	*Il fera si bon mourir...*	Jan de Fast
1112.	*Au nom de l'espèce*	Piet Legay
1113.	*Sloma de l'Abianta*	Daniel Piret
1114.	*N'aboyez pas trop fort, Mr Brenton*	Richard Bessière
1115.	*L'enjeu lunaire*	K.-H. Scheer
1116.	*Les otages des glaces*	G.-J. Arnaud
1117.	*Captif du temps (La saga des rouges I)*	André Caroff
1118.	*Les renégats d'Ixa*	Maurice Limat
1119.	*Les envoyés de Mega*	Daniel Piret
1120.	*Message de Bâl 188*	Frank Dartal
1121.	*Fallait-il tuer Dieu ?*	G. Morris
1122.	*Le gnome halluciné*	G.-J. Arnaud

VIENT DE PARAÎTRE :

Philippe Randa — *Baroud sur Bolkar*

A PARAÎTRE :

Pierre Barbet — *Cités interstellaires*

Achevé d'imprimer le 18 décembre 1981
sur les presses de l'Imprimerie Bussière
à Saint-Amand (Cher)

— N° d'Impression : 2082. —
Dépôt légal : Février 1982

Imprimé en France

PUBLICATION MENSUELLE